UN CORAZÓN DÉBIL

La Colección *Clásicos Libres* está destinada a la difusión de traducciones inéditas de grandes títulos de la literatura universal, con libros que han marcado la historia del pensamiento, el arte y la narrativa.

Entre sus publicaciones más recientes destacan: *Meditaciones, de Marco Aurelio; La ciudad de las damas, de Christine de Pizan; Fouché: el genio tenebroso, de Stefan Zweig; El Gatopardo, de Giuseppe di Lampedusa; El diario de Ana Frank; El arte de amar, de Ovidio; Analectas, de Confucio; El Gran Gatsby, de F. Scott Fitzgerald; El retrato de Dorian Gray, de Oscar Wilde, entre otras...*

FIÓDOR DOSTOYEVSKI

UN CORAZÓN DÉBIL

EDICIONS PERELLÓ

Carrer de les Amèriques, 27
46420 – Sueca, Valencia
e-mail: info@edperello.es
http://edperello.es

I.S.B.N.: 979-13-70194-76-5

Impreso en España

Este libro ha sido impreso en papel
ecológico procedente de bosques sostenibles.

«El grado de civilización de una sociedad se mide por la forma en que trata a sus prisioneros».

Fiódor Dostoyevski

Un corazón débil

Bajo el mismo techo, en la misma casa, en un cuarto piso, vivían dos jóvenes funcionarios, Arcadi Ivánovich Nefédevich y Vasia Shumkov... El autor, lógicamente, se ve en la obligación de explicar al lector por qué un héroe tiene el nombre completo y el otro no, aunque solo sea porque esto se pueda considerar incorrecto, si bien es normal. Pero como para ello sería necesario describir antes el grado, la edad, el tratamiento, el cargo y, finalmente, incluso los caracteres de los personajes de que se trata, y dado que hay muchos escritores que tienen esa forma de empezar, el autor del presente relato decide comenzar directamente desde la acción, para no parecerse a ellos (pues, como dicen algunos, lo hacen por su ilimitado amor propio). Y, dando por finalizada la presente introducción, comienza así el relato:

Al atardecer, en la víspera de Año Nuevo, hacia las seis de la tarde, Shumkov regresó a casa. Arcadi Ivánovich, que estaba en la cama, se despertó, entreabrió los ojos y miró a su compañero. Observó que llevaba puesto su magnífico traje y una impecable pechera. Al parecer, aquello le impactó. «¿Adónde habrá ido Vasia con este aspecto? ¡Y encima, sin haber almorzado en casa!». Mientras tanto, Shumkov encendió una vela, y Arcadi Ivánovich enseguida se dio cuenta de que su compañero se disponía a despertarle como por accidente. Y así ocurrió. Vasia tosió un par de veces, se dio unas vueltas por la habitación, y finalmente, de una manera casual, dejó caer al suelo su pipa, que rellenaba en un rincón, cerca de la estufa. A Arcadi Ivánovich le entró la risa.

—¡Ya está bien de picardías, Vasia! —le dijo.

—¿No estás durmiendo, Arcasha?

—Pues la verdad es que no sabría decírtelo; pero creo que no duermo.

—¡Ah, Arcasha! ¡Buenas tardes, amigo! ¡Vaya, vaya, hermano! ¡No sabes lo que tengo que contarte!

—¡Claro que no lo sé! Pues venga, acércate.

Vasia, que realmente parecía estar aguardando el momento, se acercó inmediatamente sin esperarse ni remotamente la astucia de Arcadi Ivánovich. Este le agarró sutilmente, le dio la vuelta, se colocó encima y se puso a «estrangular» a su víctima, lo que al parecer le divertía enormemente a Arcadi Ivánovich, siempre de tan buen humor.

—¡Ya te tengo! —exclamó—. ¡Ya te tengo!

—¿Arcasha, Arcasha, qué haces? ¡Suéltame, por el amor a Dios, suéltame, que se me va a manchar el frac...!

—No hace falta. ¿Para qué quieres un frac? ¿Por qué eres tan ingenuo dejándote coger? Dime: ¿dónde has estado y dónde has almorzado?

—¡Arcasha, por el amor de Dios, suéltame!

—¿Dónde almorzaste?

—Pues eso es lo que quiero contarte.

—¡Pues venga, vamos!

—¡Pero antes suéltame!

—¡Pues no! ¡No te soltaré hasta que me lo cuentes!

—¡Arcasha, Arcasha! Pero ¿acaso no comprendes que no puedo, que me es imposible? —gritaba ya sin fuerzas Vasia, intentando liberarse de las fuertes garras de su enemigo—. ¡Pues hay asuntos que...!

—¿Qué asuntos...?

—Pues aquellos que, cuando empiezas a abordarlos en una situación como esta, hasta puedes perder la dignidad. Es imposible de todo punto; quedaría ridículo, y en este caso no se trata de algo gracioso, sino muy importante.

—¡Bueno! ¡Encima se trata de algo importante! ¡Ya ves lo que se ha inventado! Tú cuéntamelo de tal modo que me entren ganas de reír; así es como me lo tienes que contar; pero no quiero escuchar nada importante; porque, si no, ¿qué tipo de compañero de piso serías? Vamos, dime: ¿qué tipo de compañero serías? ¿Eh?

—¡Arcasha, por Dios, que no puedo!

—¡No quiero ni oírlo...!

—¡Vamos, Arcasha! —dijo Vasia, tumbado de través en la cama e intentando con todas sus fuerzas poner el máximo énfasis en sus palabras—. ¡Arcasha! Puede que te lo cuente; solo que...

—¿Qué...?

—¡Pues que me he comprometido para casarme!

Arcadi Ivánovich, sin decir palabra, cogió a Vasia en brazos, como si fuera un bebé (sin reparar en que este no era del todo bajito sino, más bien al contrario, bastante alto, pero delgado), y con soltura se puso a pasear con él por la habitación, haciendo que lo mecía.

—¡Pues yo, novio, mira tú por dónde, voy a cambiarte los pañales!

Pero, al ver que Vasia permanecía inmóvil en sus brazos y sin decir nada, al instante rectificó, como si comprendiera que sus bromas habían llegado lejos. Lo soltó en medio de la habitación y con gesto amistoso y sincero le besó en la mejilla.

—Vasia, ¿no te habrás enfadado?

—Arcasha, escúchame...

—¡Por el Año Nuevo!

—Pero si estoy bien. ¿Por qué te comportas tan alocadamente? Cuántas veces te habré dicho:

«¡Arcasha, por Dios, que no tiene gracia!». ¡No la tiene, en absoluto!

—Bueno, pero ¿no estarás enfadado?

—No, estoy bien. Además, ¿cuándo me he enfadado yo con alguien? Solo que me has disgustado, ¿lo entiendes?

—¿Cómo que te he disgustado? ¿Por qué?

—He venido a ti como amigo, con el corazón rebosante, deseando abrirte el alma y contarte la felicidad que me invade…

—Pero ¿de qué felicidad se trata? ¿Por qué no me lo cuentas…?

—¡Bueno, pues que me caso! —respondió enojado Vasia, ya que realmente estaba algo dolido.

—¿Tú? ¿Que te casas? ¿Es eso cierto? —exclamó blasfemando suavemente Arcasha—. ¡No, no…! Pero ¿esto qué es? ¡Y me lo dices así! ¿Sin derramar una lágrima…? —y Arcadi Ivánovich se lanzó nuevamente a abrazarle.

—Bueno, ¿ahora comprenderás mi reacción? —dijo Vasia—. Sé que eres una buena persona y un amigo; lo sé. Vine a ti lleno de alegría y entusiasmo, y, de pronto, toda esa alegría y ese entusiasmo te los he tenido que descubrir dando vueltas y atravesado sobre la cama, sin dignidad alguna… Comprendes, Arcasha —continuó Vasia riéndose—, la situación era muy cómica: y además, yo, en cierto modo, no era dueño de mi persona. No podía restarle importancia a un asunto así... ¡Solo faltaba que me preguntaras cómo se llama! ¡Te juro que conseguirías matarme antes de que te dijera cómo se llama!

—Bueno, Vasia, pero ¿por qué has estado callado? Podías habérmelo dicho antes, y no te habría gastado la broma —exclamó Arcadi Ivánovich verdaderamente arrepentido.

—¡Bueno, bueno, ya está bien! Si yo era solo... Sabes a qué se debe todo esto: pues a que tengo buen corazón. Por eso me ofendí, porque no pude hacerlo como quería, dándote una buena nueva con alegría. Quería contártelo bien, comunicándote la noticia correctamente... ¡Es verdad, Arcasha! ¡Pues te quiero tanto que, de no existir tú, creo que ni me casaría ni tampoco viviría!

Arcadi Ivánovich, que era extraordinariamente sensible, tan pronto reía como lloraba al escuchar a Vasia. A este le ocurría lo mismo. Los dos se abrazaron nuevamente, olvidándose de lo ocurrido.

—Bueno, ¿cómo ha sucedido? ¡Cuéntamelo todo, Vasia! Yo, hermano, discúlpame pero estoy sorprendido, ¡completamente sorprendido! ¡Como si me hubiera derribado un trueno! ¡Te lo juro por Dios! Pero ¡no, hermano! ¡No puede ser, te lo estás inventando, de verdad que me engañas! —exclamó Arcadi Ivánovich, echándole incluso una mirada de sospecha a Vasia; pero al ver en su semblante la resplandeciente confirmación de la inamovible decisión de casarse cuanto antes, se lanzó sobre la cama y empezó entusiasmado a darse tales revolcones que hasta las paredes temblaban.

—¡Vasia, ven aquí a contármelo! —gritó, sentándose por fin en la cama.

—Pero, hermano, ¡la verdad es que no sabría por dónde empezar!

Los dos se miraron, felices e inquietos.

—¿Quién es ella, Vasia?

—¡Es de la familia de los Artémiev...! —dijo Vasia con una voz débil de la felicidad.

—¿De veras?

—Bueno, pero si yo ya me cansé de hablarte de ellos, y por eso me callé, mientras que tú no te estabas enterando de nada. ¡Ay, Arcasha! ¡Cuánto me ha costado ocultártelo! Pero ¡tenía miedo, miedo de hablar! ¡Pensaba que la cosa podía estropearse, y yo que estaba tan enamorado, Arcasha! ¡Dios mío! ¡Has visto qué historia! —se puso nuevamente a hablar interrumpiéndose a sí mismo por lo excitado que estaba—; ella tenía un novio desde hacía ya un año, pero de pronto lo destinaron fuera; yo lo conocía, y, a decir verdad, era muy... ¡que Dios le ampare! Y, de pronto, deja de escribirle, como si se lo hubiera tragado la tierra. Y ella venga esperar. ¿Qué significaba aquello...? De pronto, hace cuatro meses, regresa casado y sin dejarse ver por allá.

¡Es algo tosco! ¡Vulgar! Y encima no había nadie que pudiera salir en defensa de ella. Ella, la pobre, no cesaba de llorar, y, mientras tanto, yo me enamoré de ella... aunque ya antes estaba enamorado de ella y siempre lo estuve. Entonces, comencé a tranquilizarla y a hacerle visitas... y bueno, la verdad, es que no sé cómo sucedió todo esto, solo que también ella se enamoró de mí. Hace una semana ya no me pude contener y me eché a llorar, a sollozar, y le confesé todo. Bueno, pues eso, le dije que la quería. ¡En una palabra, todo...! «Si yo también le quiero, Vasíli Petróvich», me dijo, «pero soy una muchacha pobre, no se burle usted de mí. Yo ya no me atrevo a amar a nadie». Bueno, hermano, ya lo entiendes, ¿verdad...? Y con esas palabras nos comprometimos. Yo no paraba de darle vueltas y más vueltas, y le pregunté cómo podíamos decírselo a la madrecita. Ella me respondió que era algo complicado, que esperara un poco, pues la madre tenía miedo; que probablemente fuera pronto para pedir la mano de su hija y que aún lloraba. Y yo, sin avisarla previamente, se lo solté hoy de sopetón a la vieja. Lizanka se arrodilló ante ella, igual que yo... y bueno, nos dio su bendición. ¡Arcasha, Arcasha! ¡Querido mío! ¡Viviremos juntos! ¡Yo ya no me separaré de ti jamás!

—¡Vasia, te miro y no me lo creo, por Dios que se me hace difícil creerlo, te lo prometo! La verdad es que me parece... Escúchame, ¿cómo es que te casas...? ¿Cómo pude no haberme enterado? ¿Eh? ¡Pues la verdad, Vasia, yo también te confieso ahora que pensaba casarme! ¡Pero como ahora eres tú quien se casa, pues da igual! ¡Que seas feliz...!

—¡Ahora, hermano, mi corazón está tan feliz, y me siento tan bien...! —dijo Vasia levantándose y poniéndose a dar vueltas por la habitación—. ¿No es verdad que tú también lo sientes así? ¡Viviremos humildemente, claro, pero seremos felices! ¡Además, esto no es una quimera, y nuestra felicidad no es de libro! ¡Seremos felices de verdad...!

—¡Vasia, Vasia, escucha!

—¿Qué? —respondió Vasia, deteniéndose frente a Arcadi Ivánovich.

—Se me ha ocurrido una idea. Pero la verdad es que me da hasta miedo decírtelo... Discúlpame, pero sácame de dudas. ¿Con qué dinero piensas vivir? Yo, ¿sabes?, no salgo de mi asombro porque te casas, y no consigo dominarme, pero dime, ¿cómo piensas vivir? ¿Eh?

—¡Ay, Dios mío, Dios mío! ¡Cómo eres, Arcasha! —respondió Vasia profundamente asombrado, mirando a Nefédevich—. Pero ¿qué es lo que te ocurre? Ni siquiera la vieja reparó dos minutos en ello cuando yo le expuse todo con claridad. ¡Pregúntales de qué han vivido todo este tiempo! ¡Pues con quinientos rublos al año para los tres! ¡Esa es la pensión que les quedó tras fallecer el marido! Y viven ella, la anciana y también un hermanito pequeño por el que tienen que pagar el colegio. Así es como viven. ¡Si aquí los únicos capitalistas que hay somos tú y yo! ¡Y yo, mira tú por dónde, he salido algún año, cuando se me han dado bien las cosas, por mis buenos setecientos rublos!

—Escucha, Vasia, y discúlpame. Yo… ¡por Dios!, no tiene importancia, solo que no paro de darle vueltas, para que no se desbaraten los planes; pero ¿qué dices de setecientos rublos? Querrás decir trescientos…

—¡Trescientos…! ¿Y Iulián Mastákovich? ¿Te has olvidado de él?

—¡Iulián Mastákovich! Sí, hermano, pero no es seguro. Ese dinero no son los trescientos rublos de sueldo fijo, donde cada rublo es tuyo. Claro que Iulián Mastákovich es una gran persona, y yo lo respeto, lo comprendo, y me alegro de que esté donde está, y te juro por Dios que le aprecio porque él a su vez te aprecia a ti y te da trabajo cuando podía no hacerlo y en su lugar coger a un funcionario en comisión de servicio. Dime que tengo razón, Vasia… Atiende una cosa más: no estoy hablando por hablar. Estoy de acuerdo en que en todo San Petersburgo no hay letra como la tuya, lo reconozco —continuó, no sin asombro, Nefédevich—. Pero puede que de pronto, ¡y Dios no lo quiera!, dejes de gustarle, o no aciertes en lo que él desea, que de repente deje de recibir trabajo, o que coja a otro escribiente. Pues sí, puede ocurrir cualquier cosa. Porque Iulián Mastákovich hoy está aquí, pero mañana puede no estar, Vasia...

—Escucha Arcasha, si nos ponemos así, también podía caernos ahora el techo encima...

—Bueno, claro, claro... solo era por hablar...

—No, escucha, atiende y verás: ¿cómo puede deshacerse de mí...? Tú solo escucha, nada más. Yo cumplo con todo concienzudamente. Además, él es una buena persona y hoy, Arcasha, me dio cincuenta rublos.

—¿De veras, Vasia? ¿Una gratificación?

—¡Qué gratificación! De su propio bolsillo. Fue y me dijo: «Mira, hermano, llevas cinco meses sin cobrar. Si necesitas algo, cógelo; estoy contento contigo. De veras que estoy satisfecho de tu trabajo. ¿No vas a trabajar gratis para mí, verdad?»; así fue como me lo dijo. Y a mí, Arcasha, me brotaron las lágrimas. ¡Por Dios bendito!

—Escucha, ¿y terminaste aquellos papeles...?

—No... todavía no los acabé.

—¡Va... sinka! ¡Ángel mío! ¿Qué has hecho?

—Escucha, Arcadi, no pasa nada, aún dispongo de dos días más, me da tiempo.

—¿Cómo es que no los empezaste...?

—¡Bueno, bueno! Me miras con una cara tan compungida que se me revuelven las entrañas y me duele el corazón. Bueno, ¿y qué? Siempre me dejas con la moral por el suelo. Y me gritas: «¡Ah-ah-ah!». Entra en razón, pero ¿qué es esto? ¡Los acabaré, por Dios que los acabaré...!

—¿Y qué ocurrirá si no los terminas? —exclamó Arcadi incorporándose—. Si te dio hoy una gratificación. ¡Y además piensas casarte! ¡Ay, ay, ay!

—Nada, nada —gritó Shumkov—, me voy a poner con ello ahora mismo, ahora mismo. ¡No pasa nada!

—Pero ¿cómo te has podido olvidar de ello, Vasiutka?

—¡Ay, Arcasha! ¿Acaso podía yo estarme quieto? Si no era ni yo mismo. Si apenas paraba en la oficina; no podía con mi corazón... ¡Ay, ay! ¡Ahora, me pasaré la noche trabajando, y la de mañana también, y la de pasado mañana, y lo acabaré...!

—¿Te queda mucho?

—¡No me molestes, por el amor de Dios, y calla!

Arcadi Ivánovich se acercó de puntillas a la cama y se sentó. De repente pareció querer levantarse para después cambiar de opinión y continuar sentado para no molestar, aunque tampoco podía estarse quieto por lo preocupado que estaba: era evidente que la noticia le había revuelto completamente y que aún no se le había pasado la primera impresión. Miró a Shumkov y este también le miró a él. Le sonrió, le amenazó con el dedo y después, frunciendo terriblemente el entrecejo (como si en ello residiera toda su fuerza y el éxito de su trabajo), clavó su mirada en los papeles. Parecía que tampoco había superado la preocupación. Cambió de pluma, se revolvió en la silla, se concentró, se puso a escribir de nuevo, pero la mano le temblaba y se negaba a continuar.

—¡Arcasha! Yo les hablé de ti —exclamó de pronto, como si acabara de recordarlo.

—¿Sí? —exclamó Arcadi—; pues quería preguntártelo; pero bueno…

—¡Bueno! ¡Ay! ¡Te lo contaré todo después! ¡Por Dios, que yo mismo tengo la culpa, y se me olvidó que no quería hablar hasta haber escrito cuatro páginas! Pero me acordé de ti y de ellos. Hermano, parece que no puedo ni escribir: no hago más que pensar en vosotros… —Vasia sonrió.

Se quedaron en silencio.

—¡Uf! ¡Qué pluma más mala! —exclamó Shumkov, golpeándola de rabia contra la mesa. Cogió otra pluma.

—¡Vasia, escucha! Solo una palabra…

—¡Bueno! Pues dilo deprisa y que sea la última vez.

—¿Te queda mucho?

—¡Ay, hermano…! —Vasia arrugó tanto la cara como si no hubiera nada más horrible que una pregunta como esa—. ¡Mucho, demasiado!

—Sabes, se me ha pasado una idea por la cabeza…

—¿Cuál?

—No. Ninguna, nada, escribe.

—¿Pero qué? ¿Qué?

—¡Van a ser las siete, Vasiuk!

En aquel momento, Nefédevich sonrió guiñándole pícaramente el ojo a Vasia, aunque solo ligeramente, como si temiera de qué manera se lo podía tomar este.

—Bueno, ¿y de qué se trata? —dijo Vasia, dejando de escribir, mirándole directamente a los ojos y pálido por la espera.

—¿Sabes una cosa?

—¡Por Dios! Dime de qué se trata.

—¿Sabes? Estás alterado y así no puedes trabajar mucho... Espera, espera, ya lo veo, ¡escucha! —dijo Nefédevich, saltando de entusiasmo de la cama e interrumpiendo a Vasia, que ya había empezado a hablar, y alejando a su vez, con todas sus fuerzas, la réplica—. Antes que nada, es preciso que te tranquilices y vuelvas a tu ser, ¿no te parece?

—¡Arcasha, Arcasha! —exclamó Vasia saltando del asiento—. ¡Me estaré toda la noche trabajando, te juro por Dios que lo haré!

—¡Bueno, pues sí! Te dormirás al amanecer...

—No me dormiré, no me dormiré por nada del mundo...

—No, no puede ser; claro que te dormirás. Acuéstate a las cinco y a las ocho te despertaré. Mañana es fiesta; te pones a trabajar y te pasarás el día escribiendo... Después viene la noche y... ¿te queda mucho...?

—¡Pues esto, esto...!

Vasia, tembloroso de entusiasmo y expectación, le mostró el cuaderno.

—¡Aquí lo tienes...!

—Escucha, hermano, si no es tanto...

—Aún tengo más allí —dijo tímidamente Vasia, mirando a Nefédevich, como si esperara el permiso para levantarse.

—¿Cuánto?

—Dos... hojitas...

—¿Y bien? ¡Escucha! ¡Si nos dará tiempo a terminarlo! ¡Por Dios que sí!

—¡Arcasha!

—¡Vasia! ¡Escucha! ¡Ahora es Año Nuevo y todo el mundo se reúne en familia, solo tú y yo no tenemos hogar, y somos como unos huérfanos...! ¡Vasenka!

Nefédevich cogió a Vasia entre sus garras y lo estrujó en un abrazo de oso...

—¡Arcadi, ya está decidido!

—Vasiuk, solo quería decirte esto. ¡Ves, Vasiuk, patizambo mío! ¡Escucha! ¡Escucha! Porque...

Arcadi se quedó boquiabierto, sin poder hablar de asombro. Vasia lo sujetaba por los hombros, mirándole fijamente a los ojos y moviendo tanto los labios que parecía dispuesto a terminar de hablar por él.

—Y bien... —dijo finalmente.

—¡Preséntamelas hoy!

—¡Arcadi! ¡Vamos allí a tomar el té! ¿Sabes una cosa? ¿Sabes? No vamos a esperar a que llegue el día de Año Nuevo, iremos antes —exclamó Vasia, sintiéndose verdaderamente inspirado.

—¡Pero estaremos un par de horas! ¡Ni más ni menos...!

—¡Y después nos despediremos hasta que yo termine el trabajo...!

—¡Vasiuk...!

—¡Arcadi!

En tres minutos Arcadi ya se había vestido de fiesta. Vasia solo se lavó, porque ni siquiera se había quitado el traje: ¡tanto era el ímpetu con que se puso a trabajar! Salieron apresuradamente a la calle, a cual más feliz.

Se encaminaron hacia la parte de Kolomna de San Petersburgo. Arcadi Ivánovich daba unas zancadas firmes y enérgicas, y ya solo por su paso se atisbaba la alegría, por la cada vez más creciente felicidad de Vasia. Vasia daba unos pasitos más menudos, pero sin perder la dignidad. Al contrario, hasta entonces, Arcadi Ivánovich no le había visto nunca con tan buen aspecto. En aquellos momentos incluso parecía respetarle más, y el conocido defecto físico de Vasia, del que hasta ahora nada sabe el lector (pues Vasia estaba un poco contrahecho), que siempre suscitaba un profundo sentimiento de amor y compasión en el bondadoso corazón de Arcadi Ivánovich, contribuía a que fuese aún mayor la honda ternura que en aquellos momentos le inspiraba especialmente su amigo, y de la que Vasia, lógicamente, era de todos modos merecedor. A Arcadi Ivánovich incluso le entraron ganas de llorar de felicidad, pero se contuvo.

—¿Hacia dónde vamos, Vasia? ¡Por aquí llegaremos antes! —exclamó él, viendo que Vasia quería torcer por la calle Voznesénskaia.

—¡Calla, Arcasha, calla...!

—De verdad que se llega antes, Vasia.

—¡Arcasha! ¿Sabes una cosa? —dijo Vasia en tono misterioso y con voz queda de felicidad—. ¿Sabes una cosa? Me apetece llevarle un regalito a Lizanka...

—¿Y eso?

—Aquí, hermano, en la esquina, hay una tienda de *madame* Leroux. ¡Es una tienda excelente!

—¡Bueno!

—¡Un sombrerito, amigo, un sombrerito! ¡Hoy vi un sombrero muy bonito! Pregunté por el modelo y me dijeron que al parecer era de Manon Lescaut. ¡Una maravilla! Tiene unas cintas de color cereza, y si no fuera caro... ¡Y aunque fuera caro, Arcasha...!

—¡En mi opinión, Vasia, tú estás por encima de todos los poetas! ¡Vamos allá!

Salieron corriendo, y al cabo de dos minutos ya estaban entrando en la tienda. Les recibió una francesa de ojos negros y tirabuzones, que al primer vistazo a los compradores se mostró tan contenta y feliz como ellos, e incluso, posiblemente, más que ellos. Vasia, todo entusiasmado, estaba dispuesto a darle besos a *madame* Leroux.

—¡Arcasha! —dijo a media voz, echando una mirada a todas las maravillosas y espectaculares cosas colocadas sobre las estanterías de madera y la enorme mesa de la tienda—. ¡Qué maravillas! ¿Qué es esto? ¿Qué es? ¡Esto, por ejemplo, es un bombón! ¿Lo ves? —susurró Vasia señalando hacia un bonito sombrero que había en una esquina pero que, sin embargo, distaba del que verdaderamente quería comprar, porque ya desde lejos había echado el ojo a otro, el famoso, el auténtico, que estaba en otro extremo de la tienda; Vasia lo miraba de tal modo que hasta podría pensarse que en aquel instante alguien iba a cogerlo y robarlo o que el propio sombrero, con tal de no ser destinado a Vasia, podría salir volando por el aire desde donde estaba.

—¡Mira! —dijo Arcadi Ivánovich, indicando un sombrero—. Me parece que este es mejor.

—¡Pero Arcasha! Esto incluso redunda en tu honor. De veras que te tendré más considerado por tu gusto —le dijo Vasia, con gesto pícaro y verdaderamente enternecido—. Tu sombrero es una maravilla, pero ¡ven, acércate aquí!

—¿Cuál te parece mejor?

—¡Mira aquí!

—¿Este? —dijo Arcadi dudoso.

Pero cuando Vasia, sin poder contenerse más, cogió el sombrero de la estantería, desde donde este pareció volar solo, como si se alegrara de un buen comprador tras tan larga espera, y cuando crujieron todas sus cintitas, tules en pliegue y encajes, un inesperado grito de asombro salió del fuerte pecho de Arcadi Ivánovich. Incluso *madame* Leroux, que mantenía la compostura de sus indudables dignidad y aire de superioridad en cuestiones de gusto, durante el tiempo que duró la elección, y que permanecía en silencio solo por indulgencia, felicitó a Vasia por el acierto con una gran sonrisa, de modo que en su mirada, en su gesto y en su misma sonrisa se pudiera a su vez entrever cómo pronunciaba un «¡Sí!: ha acertado usted, y es digno de la felicidad que le aguarda».

—¡Si estaba coqueteando allí en solitario! —exclamó Vasia, trasladando toda su ternura hacia el maravilloso sombrero—. ¡Se escondía a propósito, el muy tunante mío! —y besó el sombrero, o mejor dicho, lanzó un beso al aire temiendo rozar su joya.

—Así es como se esconden el verdadero mérito y la virtud —añadió Arcadi entusiasmado, escogiendo con humor una expresión aguda que había leído en un periódico matutino—. Bueno, Vasia, ¿y ahora qué dices?

—¡Viva Arcasha! ¡Te advierto que hoy estás de lo más ocurrente, como para hacer furor, como dicen las señoras! ¡*Madame* Leroux, *madame* Leroux!

—¿Qué desea?

—¡Querida *madame* Leroux!

Madame Leroux miró a Arcadi Ivánovich y sonrió indulgente.

—¡No se puede usted imaginar cuánto la adoro en estos momentos...! ¡Permítame que le dé un beso...! —y Vasia le dio un beso a la dependienta.

Y, realmente, aquel era un momento para que ella pusiera de relieve toda su dignidad al no acusar semejante osadía. Pero les aseguro que, al margen de ello, era imprescindible disponer también de la amabilidad y la gracia innatas con que *madame* Leroux aceptó el entusiasmo de Vasia. Lo disculpó, sabiendo guardar la compostura de forma inteligente y graciosa. ¿Acaso era posible enfadarse con Vasia?

—¿*Madame* Leroux, y qué precio tiene?

—Este cuesta cinco rublos —respondió ella, recomponiéndose y sonriendo nuevamente.

—¿Y este otro, *madame* Leroux? —dijo Arcadi Ivánovich, señalando hacia el que había escogido.

—Ese cuesta ocho rublos de plata.

—¡Pero permítame! Dígame sinceramente, *madame* Leroux, ¿cuál de ellos es el que resulta mejor, más gracioso y bonito, y el que más le gusta?

—Aquel es más lujoso, pero el que ha elegido usted... *c'est plus coquet.*

—¡Pues nos quedamos con ese!

Madame Leroux cogió una hoja de finísimo papel de seda, la prendió con unos imperdibles alrededor del sombrero, y el papel con el sombrero dentro pareció aún más ligero que antes de envolverlo. Vasia lo cogió con sumo cuidado, sin apenas respirar, y, haciendo reverencias a *madame* Leroux, le dijo algo muy amable y salió de la tienda.

—¡Soy un pillín, Arcasha, un pillo de nacimiento! —gritaba Vasia, riéndose sin parar, con una risa entrecortada, silenciosa y nerviosa, sorteando a los transeúntes que se le antojaban sospechosos, sin excluir a ninguno, de la tentativa de arrugar su apreciadísimo sombrero.

—¡Escucha, Arcadi! ¡Escucha! —volvió a decir pasados unos minutos, y algo majestuoso y amoroso hasta más no poder resonó en su voz—. ¡Arcadi, soy tan feliz! ¡Tan feliz...!

—¡Vasenka! ¡Yo también, amigo mío!

—¡No, Arcasha, no, tu amor hacia mí no tiene límites; lo sé! Pero tú no puedes experimentar ni la centésima parte de aquello que estoy sintiendo yo ahora. ¡Mi corazón está rebosante! ¡Arcasha! ¡No merezco una felicidad así! Lo sé, lo presiento. ¿Por qué se me concede tanta felicidad? —decía con una voz ahogada en sollozos—, ¿qué es lo que he hecho para merecérmela? ¡Dime! ¡Mira cuánta gente hay en el mundo, cuántas lágrimas, cuánto dolor y cuánta vida monótona, sin alegría alguna! ¡Mientras que a mí… me quiere la muchacha más maravillosa… a mí…! Bueno, tú mismo la verás ahora, y tú mismo valorarás la grandeza de su corazón. Yo procedo de gente humilde; ahora poseo un grado de funcionario, tengo unos ingresos seguros, un sueldo. Nací con un defecto físico, soy algo contrahecho. ¡Y mira tú por dónde que ella se enamoró de mí, aceptándome como soy! Hoy, Iulián Mastákovich estuvo tan delicado, tan atento y amable. En escasas ocasiones habla conmigo. Pues se me acercó y me dijo: «Bueno, ¿y qué, Vasia?» (¡te juro por Dios que me llamó Vasia!), «¿te irás ahora de parranda en las fiestas?, ¿verdad?» (y él sonriendo).

«Entre otras cosas», le respondí yo, «tengo que hacer, Su Excelencia», pero en ese momento me envalentoné y le dije: «puede que me vaya de juerga»; ¡te juro por Dios que se lo dije así! Y en aquel momento me dio el dinero y después siguió hablándome un rato. Yo, hermano, me eché a llorar. Te juro por Dios que las lágrimas me brotaron solas, y creo que él también se había emocionado.

Me sacudió el hombro y me dijo: «¡Que siempre tengas tanta sensibilidad, Vasia…!».

Por un instante Vasia se quedó callado. Arcadi Ivánovich giró la cabeza y también se limpió una lagrimilla.

—¡Y aún hay más! ¡Hay más…! —continuó Vasia—. ¡Yo jamás te había dicho esto hasta ahora, Arcadi…! ¡Me haces tan feliz con tu amistad que, de no ser por ti, yo ya no estaría en este mundo! ¡No, no! ¡No me respondas nada, Arcasha! ¡Deja que te estreche la mano, deja que te lo agra… dez… ca…! —y Vasia no pudo acabar la frase.

A Arcadi Ivánovich le entraron ganas de echarse al cuello de su amigo, pero, como justo en aquel momento estaban cruzando la calle, oyeron el estridente grito de un cochero que exclamaba «¡Cuidado!», y los dos, asustados y nerviosos, cruzaron corriendo para llegar a la otra acera. Arcadi Ivánovich se sintió incluso feliz de aquel incidente. Aquel gesto de gratitud de Vasia se explicaba como un desahogo del momento. Pero estaba triste. Sentía que hasta entonces había hecho muy poco por Vasia. Incluso se sintió avergonzado cuando Vasia le daba las gracias por una cosa tan insignificante. Pero la vida entera estaba aún por delante, y Arcadi Ivánovich respiró con más libertad…

¡Decididamente, ya no les esperaban! Pero la prueba de que habían llegado está en que ya se encontraban tomando el té. Y en verdad, a veces, los mayores suelen ser más perspicaces que los jóvenes, ¡y qué jóvenes! Pues Lizanka, muy seria, trataba de persuadir a su madre de que él no iría. «¡No vendrá, madrecita; mi corazón presiente que no vendrá!», mientras que la madrecita no cesaba de repetirle que su corazón, por el contrario, le decía que iría sin falta, que no podría estar tranquilamente sentado en su casa, que vendría corriendo, que no tenía trabajo de oficina que hacer, y que era víspera de Año Nuevo. Lizanka, que no se lo esperaba ni al abrir la puerta, no dio crédito a sus ojos, y los recibió sofocada, con el corazón sobresaltado como un pajarillo atrapado, toda ruborizada, con las mejillas del color de una cerecita, a la que se parecía extraordinariamente. ¡Dios mío, qué sorpresa! ¡Qué alegría!

—¡Oh! —salió de su pequeña boca—. ¡Qué mentiroso! ¡Amor mío! —exclamó ella rodeando el cuello de Vasia... Pero imagínense su asombro y su repentina vergüenza: justo detrás de Vasia, como si estuviera escondiéndose detrás de él, se encontraba Arcadi Ivánovich. Hay que reconocer que era un hombre poco ducho en el trato con las mujeres, incluso podría decirse que era bastante torpe. Es más, una vez sucedió... Pero dejémoslo para más tarde. Sin embargo, pónganse en su situación: allí no había nada gracioso; se encontraba en el vestíbulo, con las calzas y el capote, un gorro de orejeras que se dio prisa en quitarse, todo él completa y desastrosamente envuelto en una horrenda bufanda de color amarillo anudada atrás, cosa que causaba aún más efecto. Todo aquello había que desatarlo y quitárselo cuanto antes, para dar otra impresión, ya que nadie hay que desdeñe presentarse a otro con un aspecto más favorecedor. Y he aquí que Vasia, aquel Vasia digno de lástima, aquel insoportable, aunque, por lo demás, tierno y bondadoso Vasia, resultó ser de lo más insufrible y cruel, al decir:

—¡Aquí tienes a mi Arcadi! ¿Que quién es? Es mi mejor amigo, abrázale, dale un beso, Lizanka, no tardes en hacerlo, pues, cuando lo conozcas mejor, tú misma lo llenarás de besos…

Y me pregunto yo: ¿qué es lo que podía hacer Arcadi Ivánovich? Cuando solo le había dado tiempo a quitarse la mitad de su bufanda. La verdad es que a veces incluso me siento mal por el excesivo entusiasmo de Vasia. Ciertamente, eso indica que tiene buen corazón, pero a pesar de todo… ¡fue tan incómodo y embarazoso!

Finalmente entraron en la sala. La anciana estaba feliz de conocer a Arcadi Ivánovich.

—¡Había oído hablar tanto de…! —dijo, pero no pudo terminar la frase. El alegre «¡Oh!» que resonó fuertemente por la habitación la detuvo a media frase. ¡Dios mío! Lizanka estaba de pie, frente al inesperadamente abierto sombrero, con las manos ingenuamente cruzadas y riendo de tal modo—... ¡Dios mío! ¡Pero si *madame* Leroux no podía tener un sombrero mejor!

¡Oh, Dios mío! Pero ¿dónde puede encontrarse un sombrero más bonito? ¡Si se le vuela a uno de las manos! ¿Dónde podía encontrarse uno mejor? ¡Lo digo en serio! A mí, incluso me desconcierta y disgusta ligeramente ese tipo de desconsideraciones por parte de los enamorados. Pero júzguenlo ustedes mismos, señores: ¿qué mejor cosa hay que un sombrero tan maravilloso? ¡Mírenlo...! Pero no. Mi desesperación era vana; ya están todos nuevamente de acuerdo conmigo; fue un despiste momentáneo, una niebla, un delirio del sentimiento; estoy dispuesto a disculparles... Pero por ello mismo observen... y dispensen caballeros que siga dando la lata con el sombrero de tul, etéreo, con su ancha cinta de color cereza cubierta de encaje que caía entre el tul y el pliegue, y por detrás, dos cintas largas y anchas que debían caer hasta un poco más abajo de la nuca, deslizándose por el cuello... Solo faltaba colocar el sombrero un poco caído hacia la nuca. ¡Obsérvenlo! Y después de todo, véanlo ustedes mismos, ¡se lo ruego! ¡Pero veo que no están mirando ustedes...! ¡Parece que les da igual! Están mirando a otro lado... y ven cómo dos enormes lágrimas, cual perlas, se empañan por un instante en unos ojos negros como el carbón, tiemblan un momento sobre las largas pestañas para caer después en el aire, del que parecía hecho el tul del que estaba confeccionada aquella obra de arte de *madame* Leroux... Y de nuevo me enojo: ¡pues esas dos lágrimas no debían derramarse por el sombrero...! ¡No! En mi opinión, una cosa así había que regalarla con indiferencia. Solo entonces se la valoraría realmente. ¡Reconozco, señores, que todo esto fue a causa del sombrero!

Tomaron asiento: Vasia junto a Lizanka, y la ancianita junto a Arcadi Ivánovich. Empezaron a hablar y Arcadi Ivánovich guardó la compostura perfectamente. Lo reconozco y me alegro. Incluso parece difícil esperar eso de él. Después de un par de palabras sobre Vasia, en buen tono se puso a hablar sobre Iulián Mastákovich, el protector de su amigo. Y habló de un modo tan, tan inteligente, que su discurso duró más de una hora. Había que ver con cuánta habilidad y cuánto tacto se refería Arcadi Ivánovich a ciertas particularidades relacionadas con Iulián Mastákovich, que unas veces se relacionaban directamente con Vasia y otras no. Por todo ello, la ancianita estaba realmente entusiasmada y ella misma lo reconoció. Se apartó a propósito con Vasia hacia un lado para expresarle que su amigo era una persona extraordinaria, amabilísima, y lo más importante, que era un joven muy serio y respetable. Vasia casi suelta una carcajada de la felicidad. Recordó cómo el respetable Arcasha le estuvo revolcando durante un cuarto de hora en la cama. Después, la ancianita le guiñó un ojo a Vasia y le dijo que la siguiera despacio y con cuidado a otra habitación. Hay que reconocer que se portó absurdamente respecto a Lizanka. Claro que, a causa de no poder contenerse la emoción, traicionó a su hija al ocurrírsele mostrar a escondidas el regalo que Lizanka había preparado a Vasia para la fiesta de Año Nuevo. Era un billetero cosido con cuentas, oro y una maravillosa estampa: en un lado estaba representado un reno corriendo veloz y tan real que parecía auténtico. En el otro, el retrato de un famoso general, también espléndido y muy bien representado. ¡Y no digo nada del entusiasmo de Vasia! Mientras tanto, tampoco en el salón transcurrió el tiempo en vano. Lizanka se acercó directamente a Arcadi Ivánovich. Le tendió las manos en señal de agradecimiento y Arcadi Ivánovich por fin se dio cuenta de que la cuestión giraba en torno a su queridísimo Vasia. Lizanka incluso estaba profundamente conmovida. Había oído que Arcadi Ivánovich era tan buen amigo de su novio, que le quería tanto, que le cuidaba tanto, y que constantemente le daba tan buenos consejos, que ciertamente ella,

Lizanka, no podía por menos de agradecerle, ni reprimir sus agradecimientos, porque finalmente esperaba que también Arcadi Ivánovich la quisiera, aunque solo fuera con la mitad del afecto que le profesaba a Vasia. A continuación, se puso a preguntarle si Vasia cuidaba su salud. Le expresó algunas precauciones respecto a la vehemencia de su carácter, a su escaso conocimiento de la gente y la vida práctica. Le dijo también que con el tiempo velaría religiosamente por él, que le cuidaría y le mimaría toda la vida; y que finalmente esperaba que Arcadi Ivánovich no solo no los dejara, sino que incluso viviera junto a ellos.

—¡Viviremos los tres como si fuéramos uno! —exclamó ella con ingenuo entusiasmo.

Pero había llegado el momento de marcharse. Y como era de esperar, les estaban reteniendo, pero Vasia respondió con firmeza que ya no podían quedarse más tiempo. Arcadi Ivánovich confirmó lo dicho por su amigo. Claro está que les preguntaron el motivo, e inmediatamente salió a relucir que Iulián Mastákovich le había encomendado un trabajo a Vasia, que se trataba de algo urgente e importante que había que presentar pasado mañana por la mañana, y que el trabajo no solo no estaba terminado, sino que andaba bastante retrasado. La madrecita suspiró al oírlo, mientras que Lizanka simplemente se asustó, se puso nerviosa e incluso le metió prisa a Vasia. El beso de despedida no fue menor por ese motivo; fue más corto y rápido, pero más ardiente y apasionado. Finalmente se despidieron, y los dos amigos se fueron camino de casa.

Inmediatamente, y en cuanto pisaron la calle, se pusieron a intercambiar sus impresiones. Y sucedió lo que tenía que ocurrir: Arcadi Ivánovich se había enamorado locamente de Lizanka. ¿Y a quién podía confiárselo sino al dichoso de Vasia? Y así hizo: no se avergonzó, y al instante se lo confesó todo a Vasia. Vasia se moría de risa, estaba encantado, e incluso señaló que aquello en absoluto constituía un impedimento y que de ahora en adelante serían aún más amigos.

—¡Me has comprendido, Vasia! —le dijo Arcadi Ivánovich—. ¡Sí! Yo la quiero como a ti. Ella será un ángel para mí, igual que para ti, de modo que vuestra felicidad también se derramará sobre mí y me dará calor. También será la dueña de mi casa, Vasia. Mi felicidad estará en sus manos; que disponga de las cosas de casa tanto tuyas como mías. ¡Sí! ¡Mi amistad será tanto para ti como para ella! A partir de este momento seréis inseparables para mí; solo que ahora tendré dos sujetos como tú, en lugar de uno... —Arcadi se quedó callado por el exceso de sus sentimientos; mientras que Vasia estaba emocionado hasta el fondo de su alma por las palabras pronunciadas por su amigo. Lo que sucedía es que jamás se habría esperado que Arcadi le expresara aquello. Arcadi Ivánovich apenas sabía hablar, y no le gustaba soñar en absoluto; y, sin embargo, ahora se había entregado a los sueños más felices, frescos y de lo más jubilosos.

—¡Cómo voy a cuidaros y a mimaros a los dos! —empezó él de nuevo—. En primer lugar, yo, Vasia, seré padrino de todos tus hijos, desde el primero hasta el último, y, en segundo lugar, también hay que pensar en el futuro. Hay que comprar muebles y alquilar un piso, de manera que, tanto tú como ella y yo, podamos disponer de diferentes habitaciones. ¿Sabes, Vasia? Mañana mismo iré a mirar anuncios en los portales. Tres habitaciones... no, dos es lo que necesitaremos, no más. Incluso pienso, Vasia, que hoy dije una cosa absurda, de si nos llegaría el dinero. ¿Qué por qué? Pues porque, en cuanto la miré a sus ojitos, enseguida comprendí que nos llegaría. ¡Todo será para ella! ¡Cómo vamos a trabajar! ¡Ahora, Vasia, podemos arriesgarnos y pagar hasta veinticinco rublos por un piso! ¡El piso lo es todo, hermano! ¡Unas buenas habitaciones... donde la persona se sienta a gusto y que le inspiren ideas felices! Y, además, Lizanka será nuestra cajera común. ¡No gastaremos un cópec en cosas vanas! ¿Que vaya yo ahora a una taberna? Pero ¿por quién me has tomado? ¡Por nada del mundo! ¡Y a todo eso se sumarán las subidas de sueldo, las gratificaciones, porque trabajaremos aplicadamente! ¡Oh! ¡Trabajaremos como si fuéramos bueyes arando tierra…! ¡Imagínate! —y la voz de Arcadi Ivánovich flojeó de satisfacción—. ¡Que de pronto e inesperadamente metamos cada uno en casa unos veinticinco o treinta rublos…! ¡Y, por cada gratificación, le compraríamos bien un sombrerito, una bufandita o algunos bollitos! Tiene que tejerme una bufanda. ¡Mira lo mal que tengo esta! Toda amarillenta y asquerosa, que hoy me ha hecho pasar verdaderos estragos. ¡Y tú también, Vasia, tienes unas ocurrencias! Vas y me la presentas cuando estoy tratando de desembarazarme de este harapo… ¡Pero no se trata de eso! Fíjate: yo me encargaría del dinero, también tengo que haceros un regalo… ¡Es una cuestión de honor, de amor propio…! Además, no dejaré de percibir mis gratificaciones. ¿O acaso se las van a dar a Skorojódov? Seguro que a ese tipo se le echarían a perder en su bolsillo. Yo, hermano, os compraré cucharas de plata, unos buenos cuchillos, que, aunque no sean de plata, serán unos cuchillos excelentes, y un chaleco; quiero decir, para mí. ¡Quiero ser el padrino de vuestra boda! ¡Pero espérate ahora, hermano! ¡Espérate, porque estaré encima de ti, hoy, mañana, pasado mañana, y durante toda la noche con un palo en la mano, y te machacaré hasta que termines el trabajo! «¡Acábalo lo antes posible, hermano!», te diré, y después de nuevo, al atardecer, estaremos tan contentos. ¡Jugaremos a la lotería...! ¡Y por las tardes estaremos tranquilos sin hacer nada! ¡Pero qué bien! ¡Uf! ¡Demonios! ¡Qué lástima me da no poder ayudarte! Porque, si no, cogería todo tu trabajo y lo haría por ti... ¿Por qué será que no tenemos la misma letra?

—Sí —respondió Vasia—. ¡Sí! Hay que darse prisa. Creo que ya serán las once. Hay que darse prisa... ¡A trabajar! —y al decir esto, Vasia, que se pasó todo el tiempo bien sonriendo, bien intentando intercalar alguna entusiasmada observación suya en la efusión del sentimiento amistoso, en una palabra, que demostraba estar de lo más animado, de pronto se calmó, se quedó callado y aceleró al máximo el paso. Parecía como si alguna tremenda idea de pronto le helara la ardiente cabeza. Diríase que todo su corazón se había encogido.

Arcadi Ivánovich incluso se inquietó. A sus aceleradas preguntas apenas recibía respuestas de Vasia, que le contestaba cualquier cosa, y, a veces, hasta con alguna exclamación que ni siquiera venía al caso.

—Pero ¿qué te ocurre, Vasia? —gritó finalmente Arcadi Ivánovich, que apenas podía seguirle—. ¿Acaso estás tan preocupado?

—¡Oh, hermano, ya está bien de hablar! —respondió Vasia incluso enojado.

—No te pongas triste, Vasia. Está bien —le interrumpió Arcadi—; si yo te he visto escribir cosas más largas en un plazo bastante más corto de tiempo... ¡No te pongas así! ¡Pero si lo que tú tienes es talento! En un caso extremo, hasta podrías escribir más deprisa: si no van a hacer litografías de la escritura. ¡Te dará tiempo...! Solo que ahora, al estar más preocupado y alterado, te costará más trabajo escribir...

Vasia no le respondió y murmuró algo a media voz, y los dos llegaron a casa realmente alarmados.

Al instante, Vasia se puso manos a la obra con los papeles. Arcadi Ivánovich se tranquilizó y se quedó callado. Se quitó la ropa en silencio y se metió en la cama sin quitarle ojo a Vasia... De pronto le entró una especie de miedo... «¿Qué le ocurre?», se preguntó, mirando la pálida faz de Vasia, sus ojos encendidos y la inquietud que se manifestaba en cada uno de sus gestos. ¡Pero si le temblaban las manos...! «¡Uf! ¡Vaya problema! Si le aconsejé que se acostara un par de horas, y así se le pasaría la excitación». Vasia, en cuanto hubo terminado una página, levantó la vista y sin querer miró a Arcadi, pero al instante bajó los ojos, y de nuevo agarró la pluma.

—Escucha, Vasia —dijo de pronto Arcadi Ivánovich—, ¿no sería mejor que te acostaras a dormir un poco? Mírate, si parece que tienes fiebre…

Vasia, enojado, e incluso con rabia, miró a Arcadi y no le respondió.

—Atiende, Vasia, ¿por qué te torturas…?

Al instante, Vasia se quedó pensativo.

—¿No sería bueno que me tomara una taza de té, Arcasha? —dijo.

—¿Cómo? ¿Para qué?

—Me daría más fuerzas. ¡No quiero dormir y no dormiré! No pararé de escribir. Mientras que ahora con la taza de té me tomaría un descanso y se me iría el mal rato que estoy pasando.

—¡Qué gallardía, hermano Vasia! ¡Estupendo! ¡Así me gusta! Si yo mismo quise habértelo ofrecido. Y me choca que no me haya venido esa idea a la cabeza. Solo que… ¿sabes una cosa? Mavra no se va a levantar, no se despertará por nada del mundo…

—Sí…

—¡Pero qué absurdo! ¡No pasa nada! —exclamó Arcadi Ivánovich, saltando descalzo de la cama—. Yo mismo pondré el samovar. ¿Acaso es la primera vez que lo hago…?

Arcadi Ivánovich salió corriendo a la cocina y se puso manos a la obra con el samovar. Vasia, mientras tanto, siguió escribiendo. Arcadi Ivánovich se vistió y salió corriendo a la panadería, para que así Vasia pudiera reponerse y aguantar toda la noche. Al cabo de una hora el samovar estaba puesto sobre la mesa. Se pusieron a tomar el té, pero la conversación no fluía entre ellos. Vasia continuó distraído.

—Bueno —dijo finalmente, como si le estuviera dando vueltas a algo—, mañana habrá que ir a felicitarle…

—Pero tú no puedes hacerlo.

—No hermano, no puede ser —respondió Vasia.

—Yo te reemplazaré en todo y firmaré por ti… ¡Qué más quieres! Mañana has de trabajar. Hoy, podrías estarte hasta las cinco, como te sugerí, y después te echas a dormir. Pues, de lo contrario, ¿cómo estarás mañana? Yo te despertaré a las ocho en punto…

—Pero ¿estará bien que me reemplaces y firmes por mí? —dijo Vasia, ya casi convencido.

—¿Y qué otra cosa mejor podría hacerse? ¡Eso lo hacen todos…!

—Para serte sincero, tengo miedo…

—Pero ¿miedo de qué? ¿De qué?

—Pues porque con otra gente, no pasa nada, pero con Iulián Mastákovich… él es mi protector; y si se da cuenta de que es obra de otra mano…

—¿Cómo se va a dar cuenta? ¡Hay que ver cómo eres, Vasiuk! Pero ¿cómo puede darse cuenta…?

¡Si yo, y tú lo sabes, firmo como tú y hasta el bucle me sale igual, te lo juro por Dios! ¡Anda! ¡Qué dices! ¿Quién había de darse cuenta...?

Vasia no le respondió y se tomó el té apresuradamente... Después, dudoso, movió la cabeza.

—¡Vasia, querido! ¡Oh, si lo consiguiéramos! Vasia, pero ¿qué te ocurre? ¡Me estás asustando! ¿Sabes? Yo ahora no me voy a acostar, porque no me dormiría, Vasia. A ver, enséñame, ¿te queda mucho?

Vasia le echó tal mirada, que a Arcadi Ivánovich pareció dársele la vuelta el corazón y paralizársele la lengua.

—¡Vasia! ¿Qué te ocurre? ¿Por qué me miras de ese modo?

—Arcadi, yo, de verdad, iré mañana a felicitar a Iulián Mastákovich.

—¡Bueno, pues ve! —le respondió Arcadi, mirándole abiertamente a los ojos con angustiosa expectación—. Escucha, Vasia, aligera la pluma. No te aconsejo mal, ¡por Dios sabes que es así! ¡Cuántas veces habrá dicho el propio Iulián Mastákovich que lo que le gustaba de tu pluma era la claridad! Si solo a Skoroplíjin le gusta que la letra sea como si fuera de molde, para después guardarse de algún modo el documento y llevárselo a su casa, para enseñarles a copiar a los niños. ¡No puede, el muy torpe, comprarles un modelo de letra! ¡Mientras que Iulián Mastákovich no cesa de repetir y exigir que la letra debe ser lo más clara posible...! ¡De verdad, qué más quieres! Vasia, si yo ya no sé cómo hablarte... Incluso tengo miedo... Me estás matando con tu tristeza.

—¡No pasa nada! ¡Nada! —dijo Vasia, y del cansancio se desplomó sobre la silla. Arcadi se asustó.

—¿No quieres un poco de agua? ¡Vasia! ¡Vasia!

—No te preocupes —respondió Vasia estrechándole la mano—. Estoy bien, solo que me siento un poco triste, Arcadi. Ni yo mismo sabría decirte la razón. Atiende, mejor será que me hables de otra cosa. No me recuerdes eso...

—¡Tranquilízate, Vasia, por el amor de Dios! ¡Acabarás el trabajo, por Dios que lo terminarás! ¿Y si no lo acabas...? ¿Qué pasaría? ¡Tampoco habrías cometido un crimen!

—Arcadi —dijo Vasia, mirando de un modo tan significativo a su amigo que aquel se asustó bastante, pues jamás había visto a Vasia tan nervioso—. Si estuviera solo, como antes... Pero ¡no! No es eso lo que quiero decir. No hago más que querer hablarte y confesarte como amigo... Pero, además, ¿para qué voy a preocuparte...? Ves, Arcadi, unos hacen grandes cosas, y otros, como yo, cosas insignificantes. Bueno, y si te exigieran un agradecimiento y un reconocimiento al que tú no pudieras corresponder... ¿qué sucedería en tal caso?

—¡Vasia! ¡Definitivamente, no te entiendo!

—Jamás fui desagradecido —continuó a media voz Vasia, como si reflexionara consigo mismo—. Pero si yo no estuviera en condiciones de expresarte todo lo que siento, parecería como si… Resultaría que yo realmente soy un desagradecido y eso me mata.

—Bueno, ¡y qué! ¿Acaso todo el agradecimiento consiste en que entregues el trabajo a tiempo? ¡Piensa lo que dices, Vasia! ¿Acaso el agradecimiento consiste en eso?

De pronto Vasia se quedó callado mirando con los ojos abiertos a Arcadi, como si su inesperado argumento disipara todas las dudas. Incluso sonrió, pero al instante adquirió nuevamente la expresión pensativa de antes. Arcadi, al interpretar aquella sonrisa como el fin de todos sus temores y la preocupación que volvía a apoderarse de su amigo como una decisión de mejorar la situación, se alegró sobremanera.

—Bueno, hermano Arcasha, te despertarás —le dijo Vasia—. Mírame. Si me duermo será una desgracia para mí, y ahora me pongo a trabajar… ¿Arcasha?

—¿Qué?

—No. Nada, solo era por decir algo… quería…

Vasia se sentó y se quedó callado, mientras que Arcadi se acostó. Ni el uno ni el otro se cruzaron dos palabras sobre la visita a Kolomna. Probablemente ambos se sintieran algo culpables yéndose en vano aquella tarde de juerga. Arcadi Ivánovich se durmió enseguida, todo entristecido por Vasia. Para su propio asombro se despertó justo a las ocho de la mañana. Vasia estaba dormido, sentado en la silla, con la pluma en la mano, y con el semblante pálido y cansado. La vela se había apagado. En la cocina estaba Mavra haciendo cosas y poniendo el samovar.

—¡Vasia, Vasia! —exclamó Arcadi, asustado—… ¿Cuándo te quedaste dormido?

Vasia abrió los ojos y saltó de la silla.

—¡Oh! —dijo—. ¡De modo que me dormí…!

Al instante se lanzó sobre los documentos. Bien: todo estaba en orden. Ninguna gota de tinta ni de cera había caído sobre los papeles.

—Creo que me habré dormido hacia las seis —respondió Vasia—. ¡Qué frío ha hecho esta noche! Vamos a tomar un poco de té y de nuevo…

—¿Has recobrado fuerzas?

—¡Sí!, ¡sí! Nada; ¡ahora estoy bien…!

—¡Feliz Año Nuevo, hermano Vasia!

—Igualmente, hermano. ¡Buenos días! Yo también te deseo lo mismo, amigo.

Los dos se abrazaron. A Vasia le temblaba la barbilla y los ojos se le habían humedecido. Arcadi Ivánovich permanecía en silencio. Se sentía afligido; ambos tomaron el té deprisa…

—¡Arcadi! He decidido que iré yo mismo donde Iulián Mastákovich…

—Pero si no se dará cuenta…

—Pero a mí, hermano, me remuerde la conciencia.

—Pero si estás sentado aquí por él, y te sacrificas por él… ¡Ya está bien! Yo, ¿sabes una cosa?, me pasaré por allí…

—¿Por dónde? —preguntó Vasia.

—Por casa de las Artémiev, y las felicitaré en tu nombre y en el mío.

—¡Mi querido amigo! ¡Bueno! Yo me quedo aquí. Reconozco que se te ha ocurrido una buena idea, pues me quedaré aquí trabajando y no malgastando el tiempo en fiestas. Pero espera un minuto, que voy a escribir una carta ahora mismo.

—Escribe, hermano, escribe, que te da tiempo. Y yo, mientras tanto, voy a lavarme, a afeitarme y a limpiar el frac. Bueno, ¡Vasia, hermanito! ¡Qué bien vamos a vivir y qué felices seremos! ¡Abrázame, Vasia!

—¡Oh! ¿De veras lo crees, hermano…?

—¿Vive aquí el señor funcionario Shumkov? —se oyó una voz infantil desde la escalera…

—¡Aquí es! ¡Aquí es! —dijo Mavra dejando pasar a la visita.

—¿Quién es? ¿Qué pasa? ¿Qué? —exclamó Vasia, saltando de la silla y lanzándose hacia el vestíbulo—. ¿Eres tú, Petenka…?

—¡Buenos días! Tengo el honor de felicitarle el Año Nuevo, Vasíli Petróvich —dijo un muchacho muy agradable, de unos diez años de edad y con el cabello rizado—. Mi hermana le envía recuerdos y también la madrecita. Y mi hermana me rogó que le diera un beso de su parte…

Vasia cogió en volandas al muchacho y le plantó un dulce, largo y entusiasmado beso en sus labios, que se parecían mucho a los de Lizanka.

—¡Arcadi, dale un beso! —dijo Vasia, pasándole a Petia, y este, sin tocar el suelo, pasó al instante al vigoroso y hambriento (en el pleno sentido de la palabra) abrazo de Arcadi Ivánovich.

—¡Querido mío! ¿Quieres tomar un poco de té?

—Se lo agradezco de veras. Pero ya lo tomamos en casa. Hoy nos hemos levantado pronto. Mi madre y mi hermana se fueron a la misa de primera hora. Mi hermana se ha pasado dos horas conmigo peinándome, lavándome, untándome de pomadas y cosiendo mis pantalones, porque ayer, jugando con Sashka en la calle, me los rompí. Nos pusimos a jugar con las bolas de nieve y…

—¡Bien! ¡Bien! ¡Bien!

—Bueno, se ha pasado todo ese tiempo arreglándome para la visita. Después me untó de pomadas, me llenó de besos y me dijo: «Ve a casa de Vasia y pregúntale si está bien, si ha pasado bien la noche»; y también que le preguntara… alguna cosa más. ¡Sí! Me dijo, si había terminado el trabajo del que le habló usted ayer… no sé cómo… bueno, aquí lo tengo apuntado —dijo el muchacho leyendo un papelito que sacó del bolsillo—. ¡Sí!: «el trabajo que le preocupaba».

—¡Lo terminaré! ¡Lo acabaré! Díselo así mismo, que estará hecho sin falta. ¡Palabra de honor!

—¡Sí! Y también… ¡oh!, ya se me olvidaba. Mi hermanita me entregó esta nota y un regalo ¡que casi se me pasa…!

—¡Dios mío…! Y ¿dónde está…?, ¿dónde? ¡Mira, hermanito, lo que me escribe! ¡Qué criatura más deliciosa! ¿Sabes una cosa? Ayer vi en su casa una cartera que está haciendo para mí pero que aún no está terminada, y por eso dice que me envía un mechón de su cabello, pues de lo contrario no dejaría de pensar en ella. ¡Míralo, hermano, míralo!

Y, emocionado de asombro, Vasia mostró a Arcadi Ivánovich el mechón del cabello de Lizanka, rizado, espeso y negro bajo la luz del sol. Después lo besó apasionadamente y lo guardó en un bolsillo lateral junto al corazón.

—¡Vasia! ¡Te encargaré un medallón para que guardes ese mechón de cabello! —dijo finalmente con firmeza Arcadi Ivánovich.

—Pues hoy vamos a comer ternera asada, y mañana sesos. La madrecita quiere hacer unos bizcochos… y no comeremos sopa de avena —dijo el muchacho, después de quedarse un rato en silencio como si pensara cómo poner punto final a su conversación.

—¡Oh! ¡Qué niño más rico! —exclamó Arcadi Ivánovich—. ¡Vasia, eres un mortal de lo más feliz!

El niño terminó el té, recogió la nota que había escrito Vasia, recibió miles de besos y salió de la casa tan feliz y lozano como había entrado.

—¡Bueno, bueno, hermano! —se puso a decir todo encantado Arcadi Ivánovich—. ¡Ves qué bien! ¿Lo ves? Todo va saliendo mejor imposible, no te aflijas y no te pongas triste. ¡Adelante con ello! ¡Termínalo, Vasia! En dos horas estaré de vuelta en casa. Me pasaré por casa de ellas y después por donde Iulián Mastákovich...

—Entonces ¡adiós, hermano! ¡Adiós...! ¡Ah, si pudiera...! Pues bien, ¡vamos, ve! —dijo Vasia—. Mientras que yo, hermano, ya he decidido no ir donde Iulián Mastákovich.

—¡Adiós!

—¡Espera, hermano! Diles... bueno, lo que se te ocurra; y dale un beso a ella... y después me lo cuentas todo, hermano... todo...

—¡Bien, bien, si ya sabemos lo que dirá! ¡Esta felicidad te ha revuelto completamente! Es algo inesperado. Desde ayer no eres la misma persona. Todavía no te has repuesto de las impresiones de ayer. ¡Pues claro! ¡Reponte, querido Vasia! ¡Adiós, adiós!

Finalmente los amigos se despidieron. Durante toda la mañana Arcadi Ivánovich estuvo disperso sin parar de pensar en Vasia. Conocía su carácter débil e irritable. «No me equivocaba: ¡la felicidad le ha revuelto completamente!», se decía él para sus adentros. «¡Dios mío! Si también me contagió la tristeza. ¡De qué no hará tragedia este hombre! ¡Vaya fiebre! ¡Oh! ¡Es preciso salvarle!», murmuró Arcadi, sin percatarse de que él mismo, al parecer, estaba convirtiendo en desgracia pequeños e insignificantes detalles cotidianos. Ya eran las once de la mañana cuando llegó a la conserjería de Iulián Mastákovich para añadir su humilde nombre a la larga lista de las respetuosas personalidades que habían firmado allí en un papel manchado con gotas de tinta y todo emborronado. Y cuál no sería su asombro cuando vio refulgir ante sus ojos la firma del propio Vasia Shumkov. Aquello le dejó estupefacto. «Pero ¿qué le ocurre?», pensó. Arcadi Ivánovich, que unos momentos antes albergaba tantas esperanzas, salió disgustado. Realmente, se avecinaba una desgracia. Pero ¿dónde?, ¿qué tipo de desgracia?

Llegó a Kolomna con el ánimo bajo. Al principio estuvo cortado, pero tras hablar con Lizanka salió de la casa con lágrimas en los ojos, porque estaba realmente preocupado por Vasia. Salió corriendo camino de casa y junto al río Nevá se chocó de frente con Shumkov, que también iba corriendo.

—¿Adónde vas? —exclamó Arcadi Ivánovich.

Vasia se detuvo, como si le pillaran cometiendo un crimen.

—A ninguna parte, solo quería darme una vuelta.

—¿No has podido resistirte y te dirigías a Kolomna? ¡Oh, Vasia! Pero ¿para qué has ido donde Iulián Mastákovich?

Vasia no respondió, pero después hizo un ademán con la mano y dijo:

—¡Arcadi, no sé lo que me está sucediendo! Yo…

—¡Tranquilo, Vasia! ¡Sé lo que te pasa! ¡Cálmate! Desde ayer estás nervioso y emocionado. Date cuenta de que es difícil de encajar. Pero todos te quieren, todos se preocupan por ti, tu trabajo va avanzando y lo acabarás, indudablemente que lo acabarás; pero sé que se te ha pasado algo por la cabeza que te tiene atemorizado…

—No. No es nada. No es nada…

—¿Te acuerdas, Vasia, de cuando te ascendieron de grado? Que de la felicidad y el agradecimiento duplicaste tu recelo y te pasaste toda una semana emborronando papeles y estropeando el trabajo. Lo mismo te sucede ahora…

—¡Sí! ¡Sí, Arcadi! Pero ahora me ocurre algo diferente, algo completamente diferente.

—Pero ¡cómo que no, por Dios! Puede que la cosa no sea tan urgente, y tú, martirizándote…

—¡Nada, nada! ¡Solo hablaba por hablar! ¡Vamos!

—¿Entonces te vienes a casa, y no vas donde ellas?

—¡No, hermano! ¿Con qué cara podía presentarme yo allí...? He cambiado de opinión. Lo que ocurrió es que al quedarme solo en casa no aguanté más, pero ahora que estás junto a mí, me sentaré a escribir. ¡Vamos!

Caminaron en silencio durante un rato. Vasia tenía prisa.

—¿Cómo es que no me preguntas nada de ellas? —dijo Arcadi Ivánovich.

—¡Oh! ¡Es verdad! ¡Bueno, Arcashenka, habla!

—¡Vasia, no pareces el mismo!

—Bueno, ¡no pasa nada! ¡Cuéntamelo todo, Arcasha! —dijo Vasia con voz suplicante, como si quisiera evitar posteriores explicaciones. Arcadi Ivánovich suspiró. Estaba realmente confundido viendo a Vasia.

Pero las noticias sobre la familia de la novia parecieron animarle. Incluso se puso dicharachero. Almorzaron. La anciana había llenado el bolsillo de Arcadi Ivánovich de bizcochos, y los amigos, según iban comiéndolos, se alegraban cada vez más. Después de comer, Vasia dijo que iba a acostarse un rato, para pasar después toda la noche trabajando. Y realmente se echó. Por la mañana, alguien de quien Arcadi Ivánovich no podía declinar la invitación le invitó a tomar té. Los dos amigos se separaron. Arcadi prometió regresar a casa lo antes posible; procuraría incluso estar a las ocho. Tres horas de separación se le hicieron a Arcadi más largas que tres años. Finalmente pudo liberarse y salir corriendo para estar junto a Vasia. Al entrar en casa vio que la habitación estaba completamente oscura. Vasia no estaba en casa. Arcadi preguntó a Mavra, quien le dijo que Vasia no había parado de escribir y que no durmió nada, después se puso a dar vueltas por la habitación, y que más tarde, hacía una hora, salió corriendo diciendo que regresaría enseguida; «y que cuando volviera Arcadi Ivánovich, le dijera, yo, la vieja», concluyó Mavra, «que se había ido a dar una vuelta, repitiendo esto unas tres o cuatro veces».

«¡Está en casa de las Artémiev!», pensó Arcadi Ivánovich moviendo la cabeza.

Al cabo de un minuto dio un salto como si la esperanza reviviera en él. «¡Simplemente, lo habrá terminado!», pensó. «¡Eso es todo! No pudo aguantar más y salió corriendo a verlas. ¡Pero no puede ser! Me habría esperado... Voy a echar un vistazo a ver cómo va su trabajo». Encendió una vela y se dirigió a toda prisa hacia el escritorio de Vasia: el trabajo había avanzado considerablemente, y parecía que no faltaba mucho para terminarlo. A Arcadi Ivánovich le dieron ganas de seguir investigando, pero de pronto entró Vasia...

—¡Ah! ¿Estás aquí? —exclamó este, estremecido por el susto. Arcadi Ivánovich permaneció en silencio. Temía preguntarle a Vasia. Este agachó la mirada y en silencio se puso a ordenar papeles. Finalmente sus miradas se encontraron. La de Vasia era tan suplicante y abatida que Arcadi se estremeció al mirarle. Su corazón tembló pareciendo salírsele…

—Vasia, hermano mío ¿qué te sucede?, ¿qué te pasa? —exclamó lanzándose hacia su amigo y estrechándole entre sus brazos—. Dime, ¿qué te pasa y por qué estás triste? ¡Pobre mártir! ¿Qué es? Cuéntame todo sin ocultarme nada. No puede ser que solo eso…

Vasia se fundió con él en un fuerte abrazo, sin poder pronunciar palabra y quedándose sin aliento.

—¡Está bien, Vasia! ¡Está bien! ¿Acaso no lo vas a acabar? ¿Qué sucede? No te comprendo. Confiésame lo que te martiriza. ¿Es que no ves que soy todo oídos…? ¡Oh! ¡Dios mío! —repetía Arcadi, dando zancadas por la habitación y agarrándose a todos los objetos que se le ponían a mano como si buscara urgentemente una medicina para Vasia—. Yo mismo iré en tu lugar mañana a Iulián Mastákovich, y le rogaré, le suplicaré, para que te conceda un día más. Le explicaré todo, absolutamente todo, si es eso lo que te martiriza tanto…

—¡Que Dios te ampare! —exclamó Vasia y se puso más pálido que una pared. Apenas se tenía en pie.

—¡Vasia, Vasia!

Vasia volvió en sí. Sus labios temblaban. Intentaba pronunciar algo, pero no conseguía hacer otra cosa que estrechar convulsivamente la mano de Arcadi... Su mano estaba fría. Arcadi permanecía expectante frente a él, abatido por la tristeza y la angustia. Vasia de nuevo dirigió su mirada hacia él.

—¡Vasia! ¡Que Dios te ampare! ¡Querido amigo, me estás destrozando el corazón!

De los ojos de Vasia corrieron lágrimas a raudales y se lanzó a los brazos de su amigo.

—¡Te he engañado, Arcadi! —dijo él—. ¡Te engañé! ¡Perdóname! ¡Discúlpame! He traicionado nuestra amistad...

—¿Qué? ¿Qué dices, Vasia? ¿De qué se trata? —le preguntó Arcadi, completamente horrorizado.

—¡Pues de esto!

Y Vasia con gesto desesperado sacó del cajón seis gruesos cuadernos, similares al que estaba copiando, y los arrojó sobre el escritorio.

—¿Qué es esto?

—Aquí tienes lo que tiene que estar hecho pasado mañana. ¡No hice ni la cuarta parte de lo que tenía que hacer! ¡Pero no me preguntes, ni me interrogues sobre... cómo pudo suceder! —dijo Vasia, comenzando él mismo la conversación de lo que tanto le martirizaba—. ¡Arcadi, amigo mío, ni yo mismo sé lo que me ha ocurrido! Parece que estoy despertando de un sueño. He perdido en vano tres semanas enteras. Yo... no he hecho más que ir a visitarla. No podía con mi corazón, y una sensación desconocida... me hacía sufrir... sin que pudiera concentrarme para escribir. No pensaba en ello. Solo ahora, cuando la felicidad se me viene encima, recobro la conciencia.

—¡Vasia! —dijo Arcadi Ivánovich con tono decidido—. ¡Vasia! Yo te sacaré del apuro. Lo entiendo todo. Esta cuestión no es una broma. ¡Escúchame! Mañana mismo iré a ver a Iulián Mastákovich... No muevas la cabeza. ¡No! ¡Atiende! Le contaré todo, tal y como ha sucedido. Déjame hacerlo de ese modo... ¡Se lo explicaré... soy capaz de todo! Le diré lo mal que te encuentras y lo que sufres.

—¿Sabes que ahora me estás haciendo sentirme muy mal? —dijo Vasia, quedándose completamente helado de frío.

Arcadi Ivánovich se quedó pálido, pero reaccionó al instante y se echó a reír.

—¿Qué importancia tiene? —dijo él—. ¡Hombre, Vasia! ¿No te da vergüenza? ¡Atiende! Veo que te estoy dando un disgusto. ¿Lo ves? Te entiendo: sé lo que te pasa. Si ya llevamos cinco años viviendo juntos, ¡gracias a Dios! Eres bondadoso, dulce, pero débil, imperdonablemente débil. Si de ello se percató hasta Lizaveta Mijáilovna. Al margen de esto, eres un soñador, y eso tampoco te beneficia:

¡porque puedes perder el juicio, hermano! ¡Espera, porque sé lo que deseas! Te habría gustado, por ejemplo, que Iulián Mastákovich estuviera rebosante de alegría y que en honor a tu boda organizara incluso un baile... Pero ¡espera, espera! Estás arrugando la frente. ¿Lo ves?: por una palabra que dije; te has ofendido por lo de Iulián Mastákovich. Pero dejémoslo a un lado. ¡Si yo también le tengo tanto respeto como tú! Pero no me discutas contradiciéndome que te gustaría que todo el mundo fuera feliz el día en que tú te casaras... Sí, hermano, tendrás que reconocer que te gustaría que, por ejemplo, yo, tu mejor amigo, tuviera de repente unos cien mil rublos de capital; que todos cuantos enemigos hubiera sobre la faz de la tierra, de pronto, sin ton ni son, se amigaran y se abrazaran de felicidad en medio de la calle y que después vinieran a visitarte aquí, a tu casa. ¡Amigo mío! ¡Mi querido amigo! No me estoy burlando, sino que es así. Y tú, desde hace tiempo, me has estado representando todo esto en diferentes facetas. Puesto que, como te sientes feliz, deseas que todos, decididamente todos, se vuelvan de repente felices. ¡Te duele y te cuesta aceptar que solo tú eres feliz! ¡Y por eso deseas ahora con todas tus fuerzas ser digno de esa felicidad y hacer alguna heroicidad para tranquilizar tu conciencia! ¡Comprendo cómo te debe de atormentar que en algunas cosas, en las que podrías demostrar tu celo y habilidad... y tal vez agradecimiento, como tú dices, de pronto fueras y metieras la pata! Sientes un gran pesar ante la idea de que Iulián Mastákovich frunza el ceño y se enfade contigo cuando vea que has decepcionado la esperanza que él había puesto en ti. Te duele pensar que puedas oír reproches del que es tu protector. ¡Y en qué momento! ¡Cuando tienes el corazón rebosante de felicidad y no sabes a quién expresarle tu gratitud...! Porque es así, ¿no es cierto? ¿Verdad?

Arcadi Ivánovich, al que le tembló la voz al terminar la frase, se quedó callado y tomó aliento.

Vasia miraba a su amigo con ternura. Y una sonrisa se deslizó por sus labios. Incluso pareció que una esperanza revivía en su rostro.

—Bien, entonces, escúchame —dijo nuevamente Arcadi, aún más alentado por esa esperanza—: ni falta que hace que Iulián Mastákovich cambie respecto a su benevolencia contigo. ¿No se trata de eso, querido amigo? ¿Acaso no es eso? Y si es así —dijo Arcadi pegando un salto de la silla—, entonces yo me sacrificaré por ti. Mañana iré a ver a Iulián Mastákovich... ¡Y no me contradigas! Tú, Vasia, estás considerando tu descuido como si fuera un crimen. Y, además, Iulián Mastákovich es muy magnánimo y misericordioso, y es muy diferente a ti. Él, hermano Vasia, nos escuchará a ti y a mí, y nos sacará de la desgracia. ¡Bueno! ¿Ya estás más tranquilo?

Vasia, con los ojos empapados en lágrimas, estrechó la mano de Arcadi.

—¡Bien, Arcadi! ¡Está bien! —le dijo—. Decidido. Bueno... pues no he terminado el trabajo, ¿y qué? Si no lo terminé, pues no lo he terminado. Y no tienes por qué ir tú. Yo mismo le explicaré todo e iré yo. Ahora ya me he tranquilizado, estoy completamente tranquilo. Solo que no vayas tú... Pero atiende...

—¡Vasia, querido amigo! —exclamó de alegría Arcadi Ivánovich—. He hablado para que me entiendas. Soy feliz de que ya hayas recapacitado y estés dispuesto a rectificar. Pero pase lo que pase, y te ocurra lo que te ocurra, recuerda que estoy a tu lado. Veo que te martiriza la idea de que yo le diga algo a Iulián Mastákovich; y no se lo diré, no le diré nada, sino que se lo dirás tú mismo. Verás: vas a ir mañana... o mejor será que no vayas sino que te quedes aquí escribiendo, ¿lo comprendes? Y yo ya me enteraré allí de si ese asunto es tan urgente o no, si es imprescindible tenerlo acabo para la fecha fijada o no, y qué pasaría si te excedieras del plazo. Después vendré aquí corriendo a contártelo... ¡Lo ves! ¡Si hay esperanza! Figúrate que el asunto no sea urgente y salgamos bien parados. Tal vez Iulián Mastákovich no se acuerde y, en tal caso, estaremos a salvo.

Vasia movió pensativo la cabeza. Pero su mirada de agradecimiento no se apartaba del rostro de su amigo.

—¡Está bien! Estoy cansado y me siento muy débil —dijo, ahogándose en las palabras—; ni yo mismo tengo ganas de pensar en ello. ¡Pues hablemos de otra cosa! Yo, ya ves, probablemente no me ponga ahora a escribir, sino que terminaré como pueda un par de páginas hasta llegar a un punto. ¡Atiende...! Llevo ya tiempo queriéndote preguntar: ¿cómo es que me conoces tan bien?

Las lágrimas de Vasia resbalaban sobre las manos de Arcadi.

—¡Si supieras cuánto te quiero, Vasia, no me habrías preguntado esto!

—¡Sí! ¡Yo no sé, Arcadi, por qué... por qué me quieres tanto! ¿Sabes, Arcadi, que hasta me agobiaba tu afecto? ¿Sabes cuántas veces, al irme a dormir pensando en ti (porque siempre pienso en ti antes de dormir), me empapaba en lágrimas, y mi corazón se estremecía por, por...? ¡Porque me quieres tanto, mientras que yo no puedo aliviar mi corazón y demostrarte mi gratitud...!

—¡Ves, Vasia, cómo eres...! Mira qué disgustado estás —dijo Arcadi, quien en aquellos momentos tenía estremecida el alma, y que se acordó de la escena de la calle del día anterior.

—¡Está bien! Quieres que me tranquilice, cuando yo jamás había estado tan tranquilo y feliz como ahora. ¿Sabes una cosa...? Escucha, me habría gustado haberte contado todo, pero siempre he temido disgustarte... Tú siempre te disgustas y me gritas; y yo me asusto... Mira cómo estoy temblando ahora mismo y no sé por qué. Verás, hay algo que quiero decirte. Creo que hasta ahora no me conocía a mí mismo. ¡Sí! Igual que a otros, que solo los conocí ayer. Yo, hermano, no sentía ni apreciaba las cosas en su plenitud. Mi corazón... era un callo... Escucha: ¡cómo es que jamás hice yo nada bueno en este mundo a nadie, porque no podía hacérselo, e incluso resulto desagradable físicamente...! ¡En cambio, a mí todos me han hecho bien! Y el primero de todos eres tú, ¿acaso no lo veo? Y mientras eso sucedía, yo me limitaba a callar.

—¡Basta, Vasia!

—¿Por qué, Arcasha! ¿Por qué...? Si estoy bien —le interrumpió Vasia, sin poder apenas pronunciar palabra por las lágrimas que lo ahogaban—. Ayer te hablé de Iulián Mastákovich. Y tú sabes que es un hombre recto, y tan severo que hasta te ha llamado la atención un par de veces, y, sin embargo, ayer se le ocurrió gastarme unas bromas abriéndome su bondadoso corazón, que por prudencia no se lo abre a todo el mundo...

—¿Y qué, Vasia? Eso te demuestra que eres merecedor de tu felicidad.

—¡Oh, Arcasha! ¡Si supieras qué ganas tengo de acabar todo este trabajo...! ¡Pero no, echaré a perder toda mi felicidad! ¡Lo presiento! Pero no por eso —le interrumpió Vasia, al ver que Arcadi miraba de reojo el montón de papeles que había sobre el escritorio—. Eso no es nada, es solo papel escrito... ¡Vaya absurdo! Esta es una cuestión resuelta... yo... Arcasha, estuve hoy allí, en casa de ellas... pero no entré. ¡Me sentía mal, con ganas de llorar! Solo permanecí junto a la puerta. Ella tocaba el piano y yo la escuchaba. Lo ves, Arcadi —dijo, bajando la voz—: no me atreví a entrar...

—Escucha, Vasia, ¿qué te pasa? Me miras de un modo tan raro...

—¿Qué? ¡Nada! No me encuentro bien. Me tiemblan las piernas, porque me pasé la noche sentado. ¡Sí! Y parece que se me nubla la vista. Y aquí, aquí...

Se señaló el corazón y perdió el sentido.

Cuando Vasia volvió en sí, Arcadi quiso adoptar serias medidas. Intentó llevarle a la cama a la fuerza. Pero Vasia se resistía con todas sus fuerzas. Lloraba, chasqueaba los dedos, quería escribir, deseando terminar inmediatamente sus dos páginas. Para no ponerle más nervioso, Arcadi le dejó que se acercara a los papeles.

—¡Lo ves! —dijo Vasia, sentándose al escritorio—, ¡también a mí se me ha ocurrido una idea, porque cabe una esperanza! —sonrió a Arcadi, y su pálida faz realmente pareció revivir con el haz de la esperanza—. Mira: pasado mañana le llevaré una parte del trabajo. Y mentiré sobre el resto, diciéndole que se ha quemado, o que se ha empapado de agua, o que lo he extraviado... que, finalmente, no pude acabarlo, porque yo no sé mentir. Se lo explicaré yo mismo. ¿Sabes una cosa? Se lo explicaré todo. Le diré esto y lo otro, y que no pude acabarlo... le contaré lo de mi amor. Si él mismo se casó no hace mucho, ¡me comprenderá! Y haré todo esto con educación y buen tono. Él verá mis lágrimas y eso le conmoverá...

—¡Pues sí! ¡Ve, ve a verle y explícale todo...! ¡Pero no es necesario derramar lágrimas! ¡Para qué! De veras, Vasia, que me has dado un buen susto.

—Sí. Iré, iré. Y ahora deja que me ponga a escribir; déjame escribir, Arcasha. ¡No molestaré a nadie, pero déjame hacerlo!

Arcadi se tumbó en la cama. Vasia no le inspiraba ninguna confianza. Era capaz de todo. Pero ¿qué sentido tenía pedir perdón y presentar excusas? Se trataba de otra cosa y es que Vasia no había terminado el trabajo que se le había encargado. Se sentía culpable y desagradecido con su destino. Estaba deprimido y conmocionado de felicidad, considerándose a sí mismo indigno de ella;

únicamente había buscado un pretexto para irse por esos derroteros, y desde el día de ayer aún no había vuelto en sí, por lo inesperado de los acontecimientos. «¡Eso es lo que ha pasado!», pensó Arcadi Ivánovich. «Hay que salvarle. Es necesario reconciliarle consigo mismo. Porque él mismo se humilla». Estuvo un buen rato pensando y decidió irremediablemente ir al día siguiente a ver a Iulián Mastákovich para contarle todo.

Vasia estaba sentado y escribiendo. Completamente agotado, Arcadi Ivánovich se echó en la cama para pensar nuevamente en el asunto, y se despertó cuando ya estaba amaneciendo.

—¡Demonios! ¡Otra vez! —exclamó, mirando a Vasia; este seguía sentando y escribiendo.

Arcadi se dirigió rápidamente hacia él, lo agarró, y a la fuerza se lo llevó a la cama. Vasia sonreía: los ojos se le cerraban de la debilidad. Apenas podía pronunciar palabra.

—Si yo mismo quería acostarme —dijo él—. ¿Sabes, Arcadi? Tengo una idea ¡He agilizado la pluma! No tenía fuerzas para seguir sentado más tiempo en el escritorio; despiértame a las ocho.

No acabó la frase y se quedó profundamente dormido.

—¡Mavra! —dijo Arcadi Ivánovich en voz baja a la mujer que traía el té—; Vasia pidió que se le despertara dentro de una hora. ¡Pero bajo ningún concepto! Que duerma diez horas si es necesario. ¿Lo entiendes?

—Lo entiendo, padrecito, lo entiendo.

—No es necesario que hagas la comida, y no andes revolviendo la leña y haciendo ruido. ¡Pobre de ti si lo haces! Y, si preguntara por mí, dile que me fui a la oficina, ¿lo entiendes?

—Lo entiendo, padrecito, lo entiendo. Que descanse a gusto, ¡a mí qué más me da! Me alegro de que los señores duerman bien, y yo velo por sus cosas. Hace unos días, cuando se rompió una taza y usted me reprendió, quiero que sepa que no fui yo, sino la gata Mashka. No me dio tiempo de verla cuando saltaba y ¡zas! Tiró la taza al suelo, la muy desgraciada.

—¡Chis! ¡Calla, calla!

Arcadi Ivánovich acompañó a Mavra a la cocina, le pidió la llave y la dejó allí encerrada. A continuación se fue a la oficina. Por el camino iba dándole vueltas a cómo debía abordar a Iulián Mastákovich, y si aquello le saldría con soltura o si, por el contrario, pudiera parecer impertinente. Tímidamente entró en la oficina y preguntó turbado si estaba Su Excelencia. Le dijeron que no, y que no estaría en todo el día. Por un instante, Arcadi Ivánovich pensó en dirigirse a su casa, pero reflexionó y decidió que, si Iulián Mastákovich no había acudido a la oficina, sería porque tenía asuntos que resolver en casa. Se quedó a esperar. Las horas se le hicieron eternas. Sin que se le notara, y con mucha mano izquierda, fue preguntando acerca del trabajo que se le había encomendado a Shumkov. Pero nadie sabía nada. Lo único que sabían es que Iulián Mastákovich le hacía encargos especiales, de los que nadie tenía información. Finalmente dieron las tres, y Arcadi Ivánovich se fue corriendo a casa. En el vestíbulo le detuvo un escribiente y le dijo que Vasíli Petróvich Shumkov había estado allí a la una aproximadamente «preguntando si usted se encontraba aquí y si Iulián Mastákovich había venido». Al oír aquello, Arcadi Ivánovich salió corriendo, alquiló un coche y llegó a casa asustado hasta más no poder.

Shumkov se encontraba en casa. Daba vueltas por la habitación, demasiado excitado. Al ver a Arcadi Ivánovich, al momento pareció recobrar la compostura y recapacitó, apresurándose en ocultar su preocupación. En silencio, se puso manos a la obra con sus papeles. Parecía esquivar las preguntas de su amigo que pudieran resultarle molestas; tramaba algo para sus adentros y había decidido no desvelar su decisión, como si no debiera depositarse confianza en una amistad. Aquello sorprendió a Arcadi, punzándole fuerte y penetrantemente el corazón. Se sentó en la cama y abrió un librito, el único que tenía, sin quitarle ojo de encima al pobre Vasia. Pero este permanecía tenazmente callado y escribiendo sin levantar cabeza. Así transcurrieron varias horas y el sufrimiento de Arcadi crecía cada vez más. Finalmente, hacia las once, Vasia levantó la cabeza y le dirigió a Arcadi una mirada torpe y fija. Este permanecía a la espera. Pasaron unos dos o tres minutos y Vasia seguía callado.

—¡Vasia! —exclamó Arcadi. Vasia no respondió—. ¡Vasia! —repitió de nuevo Arcadi, levantándose de la cama—. Vasia: ¿qué te sucede?, ¿qué te pasa? —exclamó, acercándose a él. Vasia levantó la cabeza y otra vez le dirigió una mirada torpe y fija. «¡Le ha dado un pasmo!», pensó Arcadi, asustado e invadido de miedo.

Cogió una jarra de agua, levantó a Vasia, le echó agua en la cabeza, le refrescó las sienes, le frotó las manos y Vasia recobró el sentido.

—¡Vasia! ¡Vasia! —exclamó Arcadi, derramando lágrimas sin poderse contener—. ¡Vasia, no te mates de ese modo, recobra el sentido! ¡Vamos...! —sin terminar la frase, lo estrechó ardientemene entre sus brazos. Una extraña expresión recorrió la faz de Vasia. Se frotó la frente y se agarró la cabeza cual si temiera que esta le fuera a estallar.

—¡No sé lo que me sucede! —dijo finalmente—; creo que me he esforzado demasiado. ¡Bueno, está bien! ¡Está bien, Arcadi! ¡No te preocupes! —repetía, mirándole con ojos tristes y agotados—. ¿Por qué habíamos de preocuparnos? ¿No te parece?

—Pero si tú me tranquilizas —exclamó Arcadi, al que el corazón parecía estallarle—. Vasia: acuéstate y duerme un poco. ¡Vamos! —dijo finalmente—. ¡No te martirices en vano! ¡Será mejor que después te pongas de nuevo a trabajar!

—¡Sí, sí! —repitió Vasia—. ¡Permíteme! ¡Voy a echarme! ¡Está bien! ¡Lo ves, tenía intención de acabarlo, pero ahora he cambiado de opinión...! ¡Sí...!

Y Arcadi lo metió en la cama.

—¡Escucha, Vasia! —le dijo con firmeza—, ¡hay que solucionar inmediatamente esta cuestión! Dime, ¿qué es lo que te has propuesto?

—¡Ah! —dijo Vasia, haciendo un gesto con su debilitada mano y girando la cabeza hacia otro lado.

—¡Bueno, Vasia, bueno! ¡Decídete! Yo no quiero ser tu asesino. No quiero callar por más tiempo. No te dormirás hasta que te lo propongas. Lo sé.

—¡Como quieras, como quieras! —repitió Vasia en tono enigmático.

«¡Parece que ya se deja convencer!», pensó Arcadi Ivánovich.

—Hazme caso, Vasia —le dijo—, recuerda lo que te dije. Mañana te salvaré; mañana resolveré tu destino. Pero ¿qué digo yo del destino? Me has dado tal susto, Vasia, que incluso yo mismo utilizo tus términos. ¡Qué destino! ¡Si es absurdo!

¡Tonterías! ¡Tú lo que no quieres es perder la buena disposición y hasta el afecto que te tiene Iulián Mastákovich! ¡Claro! ¡Y no los vas a perder!, ya lo verás... Yo...

Arcadi Ivánovich podía estar hablándole todavía durante un largo rato, pero Vasia le interrumpió. Se incorporó en la cama, se abrazó en silencio al cuello de Arcadi Ivánovich y le dio un beso.

—¡Bueno! —dijo con voz débil—. ¡Está bien! ¡Ya hemos hablado suficiente del asunto!

Y de nuevo se volvió de cara a la pared.

«¡Dios mío!», pensó Arcadi, «¡Dios mío! ¿Qué le ocurre? Ha perdido el juicio por completo. ¿Qué decisión habrá tomado? ¡Se matará a sí mismo!».

Arcadi le miraba perplejo.

«Si se hubiera puesto enfermo», pensó Arcadi, «puede que hasta fuera mejor. Con la enfermedad pasaría la preocupación por alto, y después podría arreglarse todo el asunto estupendamente. Pero ¿por qué miento? ¡Ay, Dios mío...!».

Mientras tanto, pareció que Vasia se había quedado dormido. Arcadi Ivánovich se alegró. «¡Es una buena señal!», pensó. Había tomado la decisión de permanecer junto a él durante toda la noche. Pero Vasia estaba inquieto. Se estremecía a cada minuto, daba vueltas en la cama y en algunos momentos abría los ojos. Finalmente el cansancio le venció. Parecía que se había quedado profundamente dormido. Eran casi las dos de la madrugada. Arcadi Ivánovich se quedó traspuesto sentado en la silla, con el codo apoyado en la mesa.

Tenía un sueño alterado y extraño. No hacía más que parecerle que él no estaba dormido y que Vasia estaba tumbado en la cama como antes. Pero ¡cosa rara! Tenía la impresión de que Vasia se hacía el dormido, de que incluso le engañaba y de que en cualquier momento se iba a levantar despacito y, observándole de reojo, se acercaría a hurtadillas al escritorio. Un ardiente dolor oprimía el corazón de Arcadi. Estaba triste y angustiado y le costaba aceptar que Vasia desconfiaba de él, se escondía y le ocultaba cosas. Quería cogerle, gritar y llevárselo a la cama... Entonces Vasia, en los brazos de Arcadi, daba un grito, y este se veía llevando a la cama un cuerpo sin vida. Un sudor frío corría por la frente de Arcadi y su corazón latía con increíble fuerza. Abrió los ojos y se despertó. Vasia estaba sentado delante de él en el escritorio y escribiendo.

Desconfiando de sus sentidos, Arcadi miró a la cama: Vasia no estaba allí. Arcadi pegó un salto, presa todavía de sus visiones. Vasia no se inmutó. No paraba de escribir. ¡De pronto, Arcadi observó horrorizado que Vasia pasaba por el papel la pluma con la punta seca y sin tinta; que pasaba una tras otra las páginas en blanco y que tenía prisa, mucha prisa por rellenar la hoja, como si estuviera realizando un trabajo con extraordinaria eficacia! «¡No, esto no es un pasmo!», pensó Arcadi Ivánovich temblando todo.

—¡Vasia, Vasia! ¡Respóndeme, por favor! —exclamó, agarrándole del hombro. Pero Vasia continuó callado, y, como antes, seguía pasando a toda prisa la pluma seca sobre el papel.

—Finalmente he podido hacer que la pluma escriba más deprisa —dijo, sin levantar la cabeza para mirar a Arcadi.

Arcadi le cogió de la mano y le arrancó la pluma. Se oyó salir un gemido del pecho de Vasia. Dejó caer los brazos, levantó los ojos para mirar a Arcadi, y después con gesto triste y agotado se pasó la mano por la frente, como si quisiera quitarse de encima algún insoportable peso depositado sobre su persona, y en silencio, como si se quedara pensativo, bajó la cabeza.

—¡Vasia, Vasia! —exclamó Arcadi Ivánovich desesperadamente—. ¡Vasia!

Al cabo de un minuto, Vasia le miró. Tenía lágrimas en sus grandes ojos azules, y su rostro pálido y sumiso expresaba un terrible sufrimiento... Estaba susurrando algo.

—¿Qué? ¿Qué? —exclamó Arcadi, inclinándose hacia él.

—¿Por qué? ¿Por qué yo? —murmuró Vasia—. ¿Por qué? ¿Qué es lo que he hecho?

—¡Vasia! ¿Qué dices? ¿De qué tienes miedo? ¿De qué? —exclamó Arcadi, retorciéndose desesperadamente las manos.

—¿Por qué habían de enviarme a filas? —dijo Vasia, mirando directamente a los ojos de su amigo—. ¿Por qué? ¿Qué es lo que he hecho?

A Arcadi se le pusieron los pelos de punta. No quería creer lo que veía. Permanecía como una estaca frente a él.

Transcurrido un minuto se repuso. «¡No es nada, fue una cuestión momentánea!», se dijo para sus adentros, completamente pálido, con los labios temblorosos y azulados, y salió corriendo a ponerse la ropa. Quería ir deprisa a por el médico. De pronto Vasia le llamó. Arcadi se lanzó hacia él y lo abrazó como una madre a la que le arrebatan a su criatura...

—¡Arcadi, Arcadi, no se lo digas a nadie! ¿Lo oyes? Este es mi problema. He de sufrirlo yo solo...

—¿Qué dices? ¿Qué dices? ¡Recobra el sentido! ¡Vamos!

Vasia lanzó un suspiro y unas silenciosas lágrimas corrieron por sus mejillas.

—¿Por qué había de matarla a ella? ¿Qué culpa tiene...? —murmuró él con una voz desgarradora—. ¡Es mi pecado...!

Se quedó callado un instante.

—¡Adiós, querida mía! ¡Adiós! —susurró, moviendo su pobre cabeza. Arcadi se estremeció, recobró el sentido y quiso ir en busca del médico—. ¡Vamos! ¡Ha llegado el momento! —exclamó Vasia, reparando en los movimientos de Arcadi—. ¡Vamos, hermano, vamos! ¡Yo estoy preparado! ¡Y tú, acompáñame! —se quedó callado, mirando a Arcadi con gesto agotado y de desconfianza.

—¡Vasia, por el amor de Dios, no me sigas! Espérame aquí. Enseguida regreso junto a ti —dijo Arcadi Ivánovich, sin saber lo que hacía y cogiendo la visera para salir corriendo en busca del médico. Vasia se sentó al momento. Estaba tranquilo y obediente, únicamente en sus ojos se percibía el brillo de alguna desesperada decisión. Arcadi se dio la vuelta, cogió el cortaplumas de la mesa, miró por última vez a su pobre amigo y salió corriendo del piso.

Eran las ocho de la mañana. Hacía tiempo que la luz había dispersado la oscura noche de la habitación.

Arcadi no encontró a nadie. Llevaba una hora corriendo. Todos los médicos, cuyas direcciones preguntaba a los porteros, con la esperanza de que pudiera vivir alguno en la casa, se habían marchado. Unos a hacer las correspondientes visitas y otros a hacer sus gestiones. Dio con uno que pasaba consulta. Se pasó un largo rato haciendo meticulosas preguntas a su criado, quien le había informado de la visita de Nefédevich. Le preguntó de parte de quién venía, quién era, qué era lo que quería, y de qué condición social era un paciente tan madrugador. Concluyó diciendo que no podía atenderle, que tenía muchos asuntos que resolver, que no podía desplazarse, y que a enfermos de ese tipo había que llevarlos directamente al hospital.

Hundido y desmoralizado, Arcadi, que de ninguna de las maneras esperaba semejante desenlace, lo dejó todo, incluidos todos los médicos del mundo, y a toda prisa se dirigió a casa, alarmado sobremanera por Vasia. Entró corriendo en casa. Mavra, como si nada sucediera, barría el suelo y rompía las astillas para encender la estufa. Arcadi fue directamente a la habitación, donde no quedaba ni rastro de Vasia. Se había marchado…

«¿Adónde se habrá ido? ¿Dónde estará? ¿Dónde podría encontrarse el infeliz?», pensó Arcadi, lívido de horror. Comenzó a hacerle preguntas a Mavra. Ella no sabía ni había visto nada y tampoco se había enterado de cuándo se había marchado.

—¡Que Dios le ampare! —dijo. Nefédevich se fue corriendo a Kolomna, a casa de la novia.

¡Dios sabe por qué pensó que podría estar allí!

Eran ya casi las diez cuando llego a Kolomna. Allí no esperaban su visita, nada sabían y nada habían visto. Arcadi permaneció delante de ellos asustado y disgustado, mientras les preguntaba dónde estaba Vasia. La anciana no se podía sostener de pie y se dejó caer en el sofá. Lizanka, amedrentada por el susto, comenzó a preguntar sobre lo sucedido. Pero ¿qué iba él a decirles? Arcadi Ivánovich se deshizo de ellos como pudo, inventándose no se sabe qué historia que, lógicamente, no se creyeron, y salió corriendo, dejando a toda la familia conmocionada y preocupada. A toda prisa se dirigió a su departamento, al menos para no llegar tarde y comunicar lo sucedido con el fin de tomar las medidas oportunas. Por el camino, se le pasó por la cabeza la idea de que Vasia pudiera estar en casa de Iulián Mastákovich. Era lo más probable. Arcadi ya lo había pensado; incluso antes de dirigirse a Kolomna. Al pasar junto a la casa de Su Excelencia, tuvo intención de detenerse, pero al instante ordenó continuar al cochero. Decidió ir primero a la oficina para enterarse de si Vasia estaba allí y, de no encontrarlo en la oficina, personarse ante Su Excelencia para, al menos, informarle sobre Vasia. ¡Alguien tenía que hacerlo!

Ya en el vestíbulo le rodearon los compañeros más jóvenes, la mayoría iguales a él en rango, y al unísono comenzaron a preguntarle qué era lo que le había ocurrido a Vasia. Todos decían que Vasia había perdido la cabeza y se había vuelto loco porque le querían alistar como soldado por el incumplimiento del deber. Arcadi Ivánovich respondía a unos y a otros, o, mejor dicho, no respondía debidamente a nadie, sino que hacía lo posible por llegar hasta las habitaciones del fondo. Por el camino se enteró de que Vasia se encontraba en el despacho de Iulián Mastákovich, donde estaban todos, y de que Esper Ivánovich también se encontraba allí. Se detuvo por un instante. Un funcionario de mayor rango le preguntó adónde se dirigía y qué deseaba. Sin reparar en su cara, murmuró algo sobre Vasia y entró directamente en el despacho. Desde allí ya se podía oír la voz de Iulián Mastákovich. «¿Adónde va?», le preguntó alguien que estaba junto a la mismísima puerta. Arcadi Ivánovich se quedó muy confuso. Ya se disponía a darse la vuelta, cuando por la puerta entreabierta vio a su pobre Vasia. Abrió la puerta y como pudo se introdujo en el despacho. Allí todo era alboroto y perplejidad porque al parecer Iulián Mastákovich estaba terriblemente disgustado. Estaba rodeado de jefes, a cuál más importante; hablaban, pero no solucionaban nada. Un poco más apartado estaba Vasia. Al verle, a Arcadi le dio un vuelco el corazón. Vasia estaba de pie, pálido, con la cabeza erguida cual si se hubiera tragado un paraguas y las manos rígidas pegadas a la costura del pantalón. Miraba directamente a los ojos de Iulián Mastákovich. Al instante se dieron cuenta de la presencia de Nefédevich, y alguien que estaba al corriente de que eran compañeros de piso se lo comunicó a Su Excelencia. Le acercaron a Arcadi. Quiso responder a algo que le habían preguntado, pero al mirar a Iulián Mastákovich y ver que su cara expresaba verdadera lástima, se puso a temblar y a sollozar como un niño. Es más, incluso se lanzó hacia Su Excelencia, le cogió la mano para enjugarse las lágrimas, viéndose el propio Iulián Mastákovich obligado a retirar su mano lo antes posible. La sacudió en el aire y dijo:

—¡Está bien, hermano! Veo que tienes un gran corazón.

Arcadi sollozaba y miraba a todos con ojos suplicantes. Le parecía que todos eran como hermanos para Vasia, y que todos ellos también sufrían y lloraban por él.

—¿Cómo es que le ha sucedido esto? —dijo Iulián Mastákovich—. ¿Por qué ha perdido la cabeza?

—¡Por gratitud! —apenas pudo pronunciar Arcadi Ivánovich.

Todos escucharon perplejos su respuesta, dándoles la impresión de que era extraño e irreal que uno perdiera la cabeza por gratitud. Arcadi se explicó como pudo.

—¡Dios, qué lástima! —dijo finalmente Iulián Mastákovich—. Además, el trabajo que se le encargó no era nada importante ni urgente. ¡De modo que arruinó su vida por nada! Bueno, pues ¡habrá que llevárselo al hospital...! —en ese momento

Iulián Mastákovich se dirigió nuevamente a Arcadi Ivánovich y se puso a hacerle preguntas—. Ha pedido —dijo Iulián Mastákovich, indicando a Vasia— que no dijéramos nada de lo sucedido a una señorita. ¿Quién es? ¿Tal vez su novia?

Arcadi se lo explicó todo. Mientras tanto, Vasia parecía estar pensando algo, como si con gran esfuerzo recordara algo importante y necesario que debía decir en aquel momento. A veces movía los ojos lastimosamente, como si albergara esperanzas de que alguien le recordara lo que olvidó. Fijó su mirada en Arcadi. De pronto, como si en sus ojos refulgiera una esperanza, se movió del sitio avanzando el pie izquierdo, dio tres pasos lo más hábilmente que pudo y se golpeó la bota izquierda con la derecha, como hacen los soldados cuando les llama el oficial. Todos estaban a la expectativa de lo que podía suceder.

—Tengo un defecto físico, Su Excelencia, soy débil y bajito, no valgo para el servicio —dijo él entrecortadamente.

En aquel momento, todos cuantos se encontraban en la habitación sintieron estrujarse su corazón, e incluso a Iulián Mastákovich, con todo lo fuerte que parecía, le resbaló una lágrima de los ojos.

—Llévenselo —dijo, agitando la mano.

—¡Mi cabeza! —dijo Vasia a media voz, se dio la vuelta girando a la izquierda y salió de la habitación. Todos los que se interesaban por él le siguieron. Arcadi se apretujaba tras ellos. A Vasia lo hicieron pasar y sentarse en la salita a la espera de prescripción y la llegada del coche que se lo llevaría al hospital. Estaba sentado y no hablaba; parecía terriblemente preocupado. Al que reconocía, le hacía una señal con la cabeza como si se despidiera de él. A cada minuto miraba la puerta preparado para que le dijeran que ya había llegado el momento. A su alrededor se ciñó un estrecho círculo; todos movían la cabeza lamentándolo. A muchos les había impresionado su historia que, de repente, se hizo famosa. Unos reflexionaban, otros se apiadaban y animaban a Vasia, diciendo de él que era un joven muy discreto y pacífico y que prometía mucho. Decían de él cómo se aplicaba en aprender, que era amable, y que quería transmitírselo a los demás. «Por sus propios esfuerzos había salido de un nivel social muy humilde», señaló alguien. Conmovidos, hablaban del apego que le tenía Su Excelencia. Algunos se pusieron a departir sobre por qué le habría dado a Vasia por pensar que le mandarían a filas por no finalizar el trabajo y perder por ello el juicio. Decían que, procediendo el pobre de los siervos, y solo gracias a las gestiones de Iulián Mastákovich, quien supo valorar su talento, sumisión y obediencia, había recibido su primer cargo. En una palabra, había gente de diversa opinión. De entre los más conmocionados destacaba especialmente un hombre bajito, compañero de Vasia Shumkov. Y no parecía excesivamente joven, sino de unos treinta años, aproximadamente. Estaba más pálido que una sábana, temblaba y sonreía de un modo extraño, probablemente porque le asustara cualquier asunto escandaloso o una terrible escena, y en cierto modo porque también se alegraba como espectador que sigue una escena desde fuera. A cada minuto daba la vuelta a todo el círculo que se había formado en torno a Shumkov, y como era bajito se ponía de puntillas, agarraba de los botones al primero que se le presentaba, es decir, a aquellos a quienes podía agarrar de los botones, y no paraba de decir que sabía por qué se había producido aquello, que no era una cuestión baldía sino muy importante, y que la cosa no se podía dejar así. Después, de nuevo se ponía de puntillas, le decía algo al oído a su interlocutor, movía de nuevo un par de veces la cabeza y salía corriendo para cambiarse de lugar. Finalmente todo terminó. Llegó el médico acompañado de un guardia de hospital, se acercaron a Vasia y le dijeron que ya era hora de partir. Vasia pegó un salto, se removió inquieto y fue tras ellos, mirando alrededor. Buscaba a alguien con la mirada.

—¡Vasia, Vasia! —exclamó, sollozando, Arcadi Ivánovich. Vasia se detuvo y, a pesar de las dificultades, Arcadi pudo llegar hasta él. Se lanzaron el uno a los brazos del otro y por última vez se fundieron en un fuerte abrazo... La escena fue conmovedora. ¿Qué quimérica desgracia arrancaba las lágrimas de sus ojos? ¿Por qué lloraban? ¿Cuál era la desgracia? ¿Por qué ya no se entendían el uno al otro...?

—¡Toma, coge esto! ¡Y guárdalo! —dijo Shumkov poniendo un papelito en la mano de Arcadi—. Si no, me lo quitarán. Pero tráemelo después. Consérvalo... —Vasia no había terminado la frase cuando le llamaron. Salió corriendo a toda prisa escalera abajo, despidiéndose de todos y moviendo la cabeza. La perplejidad se reflejaba en su rostro. Finalmente, lo sentaron en el coche de caballos y empezaron el camino. Arcadi abrió apresuradamente el papelito y se encontró con el negro mechón del cabello de Liza, del que Shumkov jamás se había separado. De los ojos de Arcadi brotaron ardientes lágrimas. «¡Pobre Liza!», pensó.

Al terminar su jornada de trabajo, Arcadi se dirigió a casa de los de Kolomna. Sobra decir la escena que allí hubo. Incluso Petia, el pequeño Petia, que no acababa de entender lo que le sucedió a Vasia, se metió en un rincón y, tapándose la cara con las manos, empezó a sollozar con todas las fuerzas que daba de sí su corazoncito. Ya era bien entrada la noche, cuando Arcadi regresaba a casa. Al acercarse al Nevá, se detuvo un rato y miró penetrantemente a lo lejos, a lo largo del humeante río, helador y turbio, que, cubierto con la última púrpura de la encarnada alba, ardía en el horizonte de la neblina. Se hacía de noche en la ciudad, y la inabarcable, encendida y helada pradera del río Nevá se cubría de miríadas de estrellas de punzante escarcha bajo el último brillo de la luz del sol. Hacía mucho frío, veinte grados bajo cero. El humeante vaho se desprendía de la gente al pasar y al correr a toda prisa los coches de caballos. El denso aire temblaba ante el menor ruido, y de las techumbres, a ambos lados de las orillas, cual gigantes por el cielo helado, se alzaban hacia arriba columnas de niebla, trenzándose y destrenzándose, dando la impresión de que los edificios más nuevos se alzaban sobre los viejos y una nueva ciudad se componía en el aire... Todo aquel mundo, con sus habitantes, los fuertes y los débiles, todas sus viviendas, tanto los cobijos de los mendigos como los dorados palacetes... a esa hora crepuscular, con la fuerza que da la vida, parecían una fantástica y mágica visión; un sueño, que desaparecería al instante esfumándose como vapor por el cielo azul oscuro. Una idea extraña se le pasó por la cabeza a Arcadi, quien se sentía huérfano por la ausencia de su pobre compañero, Vasia. Se estremeció y en ese instante su corazón pareció bañarse en una ardiente fuente de sangre que de pronto prende por el flujo de una poderosa a la vez que desconocida sensación. Parecía que solo ahora había comprendido aquella alarma y el motivo por el que se había vuelto loco su pobre Vasia, incapaz de sobrellevar su felicidad. Los labios de Arcadi temblaron, sus ojos se encendieron, se quedó pálido, y en aquel instante pareció ver algo nuevo con claridad...

Arcadi se convirtió en una persona triste y taciturna, perdió toda su alegría. El piso donde hasta entonces había vivido se convirtió en insoportable para él y alquiló otro. No le apetecía hacerles visitas a los de Kolomna; y tampoco podía. Transcurridos dos años, se encontró con Lizanka en una iglesia. Ya estaba casada. Detrás de ella caminaba su madre con un bebé en brazos. Se saludaron y durante un largo rato rehuyeron la conversación sobre el pasado. Liza le dijo que ella, gracias a Dios, era feliz, que no era pobre, que su marido era un buen hombre, al que quería... Pero de pronto, en medio de la conversación, sus ojos se empañaron de lágrimas y su voz se apagó. Se dio la vuelta y se inclinó ante el altar para ocultar a la gente su dolor...